Monika Maron
Das Mißverständnis
Vier Erzählungen und ein Stück

S. Fischer

COLLECTION
S.FISCHER

Herausgegeben von
Thomas Beckermann

Band 24

Originalausgabe:
Veröffentlicht im Fischer Taschenbuch Verlag GmbH
Frankfurt am Main, April 1981
Umschlagentwurf: Rambow, Lienemeyer, van de Sand
Photo: Schuster/Edel
Satz und Druck: Georg Wagner, Nördlingen
Einband: G. Lachenmaier, Reutlingen
Printed in Germany 1982
1280-ISBN-3-596-22324-5

DAS MISSVERSTÄNDNIS

Über Grönland wehte ein staubiger Wind, der nach Brombeeren roch. Die Schneefelder lagen brach und weiß. Über die Nordwindstraße, die sich diagonal durch das Schneefeld des Ostens schlang, fuhr der letzte Bus nordwärts in die Stadt. Die Haltestelle war durch einen spitzen Eispfahl markiert, der in der Abendsonne apfelsinenfarben schimmerte. Ein Mann und eine Frau lehnten an dem Pfahl. Sie hatten sich die Rücken zugekehrt, hielten die Augen geschlossen und rochen die staubige Luft über Grönland.
Was ist das für eine Luft, dachte der Mann.
Der Wind, dachte die Frau, woher kenne ich den Wind. Grün, dachte sie, es muß grün gewesen sein, wo der Wind war. Sie hörte den Bus kommen, aber sie konnte die Augen, vor denen tiefes Grün stand, nicht öffnen, und sie fürchtete, jede Erinnerung an den Wind zu verlieren, sobald sie sich rührte. Sie hörte, wie der Bus abfuhr, und sie fühlte an ihrer Schulter die Schulter des Mannes, der immer noch an dem Eispfahl lehnte.
Warum bist du nicht weggefahren?, fragte die Frau.
Der Wind, sagte der Mann. Heute ist die Mitte meines Lebens. Was hat das alles zu bedeuten?
Es hat etwas zu bedeuten, sagte die Frau. Der Wind wirbelte Schnee auf und warf ihn der Frau ins Gesicht. Warmer, staubiger Schnee, der nach Brombeeren roch. Die Frau hielt den rechten Zeigefinger in die Luft, um zu prüfen, woher der Wind wehte.
Der Wind kommt aus dem Süden, sagte sie und dachte an die hohen grünen Bäume, die sie von Postkarten kannte. Jemand hatte ihr erzählt, daß diese Blätterbäume rauschen,

wenn der Wind weht. Sie schloß wieder die Augen, um das Grün zu sehen, und preßte die Handflächen gegen die Ohren, bis sie ein Rauschen hörte, und sie roch an dem staubigen Wind über Grönland.
Ich weiß, was der Wind bedeutet, sagte sie. Wenn heute die Mitte deines Lebens ist, bedeutet er, daß du in der Mitte deines Lebens weggehen sollst aus Grönland. Du sollst mit mir in den Nordsüden gehen.
Albernes Weibergeschwätz, in den Nordsüden fährt kein Bus, sagte der Mann.
In den Norden fährt heute auch keiner mehr, sagte die Frau.
Was willst du im Nordsüden? Alle Weiber wollen in den Nordsüden. Das Rauschen der Blätterbäume, der Geruch nach sandiger Erde, was versprichst du dir davon?
Die Frau lachte, ihr Lachen klang scharf, so daß der Mann erschrak und sich ruckartig nach der Frau umdrehte. Der Mann schrie vor Schmerz. Ich bin festgefroren, schrie er, mein Kopf klebt am Eispfahl, mach mich los.
Die Frau ging still um den Pfahl herum und sah dem Mann ins Gesicht. Am Bart des Mannes hing ein Eiszapfen, den der Wind bewegte. Die Frau lachte wieder. – Heute ist die Mitte deines Lebens und du klebst am Pfahl.
Mach mich los, bat der Mann.
Wenn du mit mir in den Nordsüden gehst.
Sei nicht ungeduldig, sagte der Mann, alles ist ein Prozeß, alles fließt, ich weiß, daß du nichts weißt.
Dann kleb am Pfahl, sagte die Frau und blieb vor dem Mann stehn.
Ich habs gewußt, sagte der Mann.
Sei still, sagte die Frau, sei ganz still und riech an dem Wind. Was hast du gewußt?

Daß du so bist.
Ich bin nicht so, du sollst still sein.
Sie schwiegen. Langsam mischte sich ein dünner kalter Nordwind, der nach Fisch stank und nach Petroleum, unter den Staubwind. Die Frau sah den Mann an. Der Mann zitterte. Warum frierst du nicht?, fragte er.
Ich friere entsetzlich, sagte die Frau.
Wenn du mich losmachst, wärme ich dich, und wir gehen nach Hause. Der Mann streckte beide Arme nach der Frau aus. Die Frau rührte sich nicht.
Komm her, flüsterte der Mann, ich erfriere, ich will zu meiner Mami, meine Mami soll mir Tee kochen und soll mich baden und soll mir eine Geschichte vorlesen.
Der Mann weinte, und die Frau hatte Mitleid. Sie küßte den Mann auf seinen kalten Mund, behauchte lange die Stelle, an der der Kopf des Mannes am Eispfahl klebte. Jedes Haar löste sie einzeln, bis der Mann den Kopf wieder bewegen konnte. Der Mann kniete vor der Frau nieder. Ich danke dir, sagte er, stand auf und ging auf der Nordwindstraße nach Norden.
Warte, rief die Frau, warte, wir wollen in den Nordsüden.
Der Mann blieb stehen und machte ein trauriges Gesicht. Warum willst du unbedingt mit mir gehen?, fragte er. Es gibt doch bessere als mich, viel bessere sogar, geh doch mit einem besseren. Nur weil wir an dem gleichen Eispfahl gestanden haben. Das ist kein Grund, ich brauche Gründe. Alles ist ein Prozeß.
Du vergißt den Wind, und heute ist die Mitte deines Lebens, das hat etwas zu bedeuten.
Der Mann wendete der Frau den Rücken zu und ging weiter in den Norden. Die Frau warf sich mit ihrem Körper gegen den Pfahl, der Pfahl stand steif und gerade. Die Frau rannte

gegen den Pfahl, bis er abbrach und die Stirn der Frau blutete. Sie nahm den Pfahl wie eine Lanze in beide Hände und schrie: Wenn du nicht stehenbleibst, spieße ich dich auf das Ding, von dem ich dich befreit habe.
Ist gut, sagte der Mann, ich komme, aber steck den Pfahl wieder in den Schnee. Es ist verboten, die Eispfähle an Haltestellen abzubrechen.
Sie gingen in die Richtung, aus der hin und wieder ein warmer, staubiger Luftzug sie traf.
Was willst du im Nordsüden?, fragte der Mann.
Briefe austragen. Ich bin Briefträgerin, ein schöner Beruf. In Grönland gibt es keine Briefe mehr.
Da wird man dich auch nicht vermissen, sagte der Mann. Bei mir ist das anders. Ich verwalte das Geld der Könige von Grönland.
Grönland hat keine Könige mehr.
Richtig, aber ihr Geld muß verwaltet werden.
Grönlands Könige hatten schon zu ihren Lebzeiten kein Geld.
Richtig, sagte der Mann, auch darüber muß Buch geführt werden. Außerdem muß ich kontrollieren, ob etwas eingeht. Jeden Morgen weise ich nach, daß kein Geld mehr da sein kann, und jeden Nachmittag kontrolliere ich, ob Geld gekommen ist.
Ist schon einmal welches gekommen?
Nein, sagte der Mann.

Der Abend war in seine violette Phase übergegangen. Bald würde es dunkel werden. Nichts war zu hören als die Schritte der beiden, wobei auf zwei Schritte des Mannes vier Schritte der Frau kamen, was einen seltsamen Rhythmus ergab.

Wenn wir uns beeilen, sind wir in vier Stunden da, sagte die Frau.
Der Mann stöhnte. Hätte ich nur meine anderen Schuhe angezogen, sagte er. Die Frau antwortete ihm nicht. Nachdem sie eine weitere Stunde gegangen waren, tauchte in der Dunkelheit ein zwei Meter hoher, spitzer Eishügel auf.
Wenn du willst, übernachten wir in der Hütte, sagte die Frau.
Der Mann lächelte dankbar. Seit ihrer Begegnung an der Haltestelle lächelte er zum erstenmal. Die Hütte glich den übrigen Eishütten, die für verirrte Wanderer an allen Hauptverkehrsstraßen Grönlands errichtet worden waren. Auf dem Boden lag ein Stapel Bärenfelle, und an der Wand hing das Bild der gekreuzigten Jungfrau. Die Frau nahm ein Fell und hängte es über das Bild. Eine Schande ist das, sagte sie, überall stellt man sie zur Schau. Es genügt, daß sie die halbe Ewigkeit am Kreuz gehangen hat mit übereinandergenagelten Beinen, damit sie nicht geschändet wird, als hätte das verweste Stück Fleisch jemand haben wollen. Und jetzt formen sie ihr Brüste und Hüften und malen ihr lebendiges Blut unter die Haut.
Halt den Mund, sagte der Mann.
Die Frau sah in das Gesicht der Jungfrau. – Aber sie hat sich an euch gerächt. Ihre Tochter ist zur Hure geworden. Sie blieb in Jerusalem und schickte ihre Hurentöchter von dort in den Osten und in den Westen, die böseste und schlechteste schickte sie nach Grönland. Und alle drei haben Söhne geboren, schlechte, verdorbene Söhne, und die haben wieder Söhne gezeugt, Heere noch schlechterer, noch verdorbenerer Söhne, die sich gegenseitig totschlagen und totschießen und totquälen, in alle Ewigkeit.
Halt endlich den Mund, sagte der Mann, sie hatte einen

Sohn. Und nimm das Fell wieder ab. Diese hier hat so schöne Brüste.
Die Frau nahm das Fell ab und betrachtete die Brüste der gekreuzigten Jungfrau. Du wirst sie heute in Ruhe lassen, sagte sie und hängte das Fell wieder vor das Bild.
Der Mann kroch unter die Bärenfelle und krümmte sich vor Kälte. Warum bin ich nur mit dir gegangen. Ich habe zu Hause ein weißes Bett und eine Mami, die mir Tee kocht. Ich habe einen Schneehasen, der jeden Abend auf mich wartet. Und ich habe eine schöne, wichtige Arbeit. Warum hast du mich mitgenommen. Ich will nicht in den Nordsüden. Ich will nach Hause und die Eisblumen von meinem Fenster pflücken.
Die Frau zog sich aus und legte sich dicht neben den Mann. Ich werde dich wärmen, flüsterte sie. Ich werde glühen wie ein Eisenofen, bis die Schneewände weinen vor Hitze. Warte nur, bis wir im Nordsüden sind. Da ist die Luft wie warmes Wasser, und der Wind kämmt dir die Haare, daß du glaubst, es wäre deine Mami.
Der Mann legte seine Hände auf die Haut der Frau. Warum ist deine Haut so heiß? Er zog sich aus, damit die Frau ihn wärmen konnte, und er vergaß, an sein weißes Bett zu denken und an seine Mutter, die mit dem Tee auf ihn wartete. Die Frau nahm den Mann in ihre Arme, und die Arme wuchsen und wurden so lang, daß jeder von ihnen sich zweimal um den Mann schlingen konnte, und der Mann sah, daß der Frau in den Achselhöhlen schwarze Flaumfedern wuchsen.
Früher war ich ein Vogel, sagte die Frau. Ich kann mich nicht erinnern, nur manchmal träume ich, daß ich fliege. Dann sehe ich Farben, die es in Grönland nicht gibt. Dicke, schwere Farben, die aussehen, als würden sie nach Fleisch

schmecken oder nach rohem Fisch. Im Traum möchte ich singen, helle Lieder in sehr hohen Tönen, aber sobald ich den ersten Ton versuche, wache ich auf. Wer warst du vorher?
Ich weiß nicht, sagte der Mann, ich glaube, ich lebe zum erstenmal. Laß mich los, du erdrückst mich.
Die Frau zog ihre langen Arme noch fester um den Mann. Der Mann röchelte und die Frau lachte. Du sollst Angst haben vor mir, sagte sie, du sollst niemanden mehr fürchten als mich. Ihre Arme lagen wie zwei weiße Schlangen um den Mann, der starr war vor Schreck. Die Arme drückten ihm die Luft aus den Lungen, und die Frau ließ ihn nicht mehr atmen unter ihren bissigen Küssen. Als sie spürte, daß der Widerstand im Körper des Mannes nachließ, und als die Angst in seinen Augen einer bewußtlosen Leere zu weichen begann, ließ sie ihn plötzlich los, und ihre Arme schrumpften auf die normale Länge. Sie kroch weg von dem Mann und lehnte sich erschöpft an die Eiswand. Entschuldige, sagte sie, entschuldige bitte, manchmal überfällt mich Mordlust. Aber ich töte nicht, ich habe noch nie getötet.
Der Mann atmete schwer. Er setzte sich auf und beobachtete die Frau, die bleich und müde an der Eiswand lehnte. Sie ist gefährlich, dachte er, hat Mordlust und tötet nicht. Wie lange noch tötet sie nicht. Sie friert nicht, wie kommt es, daß sie nicht friert. Und die Geschichten, die sie erzählt. Unheimlich wurde ihm, wenn er diese Geschichten anhörte und sah, wie sie lustvoll und böse aussah, während sie sprach. Warum war er mitgegangen. Warum lag er unter den Bärenfellen statt aufzustehen und drei Stunden nordwärts zu gehen auf der Nordwindstraße bis zu dem Eispfahl, an dem der Wahnsinn begonnen hatte mit diesem seltsamen Wind. Bei dem Gedanken an den Wind erschrak

der Mann, und er dachte daran, daß heute die Mitte seines Lebens war, und daß alles etwas zu bedeuten hatte, der Brombeergeruch und die weißen Schlangenarme der Frau und die Vogelfedern unter ihren Armen. Die Frau lehnte an der Eiswand, ihre Augen waren weit geöffnet, aber der Mann sah, daß die Augen der Frau nicht sahen in diesem Moment. Er rührte die Frau an. Sie blieb so reglos, daß der Mann fürchtete, sie sei inzwischen neben ihm gestorben. Er suchte das Klopfen der Schlagader an ihrem Hals. Der Hals der Frau war weiß und weich, und der Mann dachte, daß er ihn mit einer Hand umschließen könnte. Warum lag sie so starr und stumm. Warum sprach sie nicht mit ihm. Schleppte ihn über die endlose Landstraße in diese Hütte, nur um in eine Leichenstarre zu verfallen und ihn allein zu lassen in der Kälte. Wie eine Wachsfigur lag sie neben ihm. Ihre Nase war zu groß und geschwungen wie der Schnabel eines Adlers. Überhaupt erinnerte sie an einen Vogel, wie sie dalag mit den gläsernen Augen und dem vorgestreckten Kinn. Der Mann überlegte, was diese Frau unterschied von den anderen Frauen, die er gekannt hatte. Auch diese hier hatte Brüste und einen runden Bauch und zwei Schenkel, die sinnvoll zusammenwuchsen. Sie hatte alles und hatte es auch nicht. Es kam ihm vor, als hätte sie nichts wirklich, nicht für ihn, als sei alles, was sie sichtbar als Frau auswies, nicht für den Gebrauch bestimmt. An andere Frauen erinnerten ihn Gerüche, herbe oder milchige oder wilde Gerüche, die an den Körpern hafteten wie Häute. Diese Frau roch nach nichts, wie Glas oder Porzellan nach nichts rochen. Vielleicht kam es daher, daß sie früher ein Vogel gewesen war. Er wußte nicht, wonach Vögel rochen, vielleicht nur nach der Luft, durch die sie flogen. Der Mann beugte sich über die Frau, berührte ihre Haut mit seiner Nase und lag lange still über ihr, um jeden Hauch wahrnehmen zu können, der auf der Haut lag. Die Frau roch nicht. Nur strömte ihr Körper, sobald er sich ihm näherte, eine angenehme Wärme aus. Der Mann dachte, daß die Art des Gefühls, das er für die Frau empfand, nicht den Umständen entsprach, unter denen sie sich hier miteinander befanden. Er fühlte in dieser Minute eine schicksalhafte Zusammengehörigkeit mit der Frau, deren Namen er nicht kannte. Sie hatte ihn gezwungen, den Norden zu verlassen, und er hatte den Norden nicht verlassen wollen. Sie hatte ihn bisher zweimal fast getötet; schon nach zehn Minuten ihrer Bekanntschaft hatte sie ihn auf den Eispfahl spießen wollen, und eben erst hatte sie ihn beinahe erwürgt. Morgen würde sie ihn zwingen, die Grenze zum Nordsüden zu überschreiten, obwohl er das nicht wollte. Trotzdem gab es irgendwo in ihm ein verbindliches Einverständnis mit seiner Lage, das alle Zweifel und Bedenken verdrängte. Er war am Morgen aufgewacht in seinem weißen Bett, hatte, während er den kleinen Schneehasen streichelte, den Tee getrunken, den seine Mutter ihm gekocht hatte, und war mit dem Bus in die Filiale an der Nordwindstraße gefahren. Während der Fahrt war ihm eingefallen, daß heute die Mitte seines Lebens war, und ein trauriger Schreck hatte ihn befallen. Seit drei Jahren hatte sich in seinem Leben nichts mehr verändert. Vor drei Jahren war er zum letzten Mal befördert worden, seit drei Jahren auch hatte er die gleiche Frau, mit der er sich in jeder ersten und dritten Woche eines Monats zweimal traf, und in jeder zweiten und vierten Woche eines Monats einmal. Es war ihm gutgegangen in den letzten drei Jahren, aber die Aussicht, die zweite Hälfte seines Lebens könnte eine schnurgerade Verlängerung dieser Zeit werden, machte ihn nicht froh. Trotzdem wußte er, würde er Grönland und seine Mutter nie verlassen können, würde er bis zu seinem Ende das nicht vorhandene Geld der nicht vorhandenen Könige von Grönland verwalten. Aber eine andere Frau müßte er bald haben, dachte der Mann. Obwohl er nicht froh werden konnte bei diesen Gedanken, machte ihn das Bewußtsein seiner Zuverlässigkeit und seiner Liebe zu der Mutter und zu Grönland doch zufrieden. Das Loch, das der Schreck in die Ruhe des Mannes gerissen hatte, schloß sich langsam wieder, und hätte der staubige Brombeerwind drei Stunden später über Grönland geweht, hätte er den Mann nicht mehr treffen können. Die Frau neben ihm hatte die Augen geschlossen und ähnelte nun nicht mehr einem Vogel. Sie schob sich dicht an den Mann heran und steckte ihren Kopf unter seinen Arm wie unter einen Flügel. Den Mann wärmte die Nähe der Frau. Wenn ich morgen doch Grönland und meine Mutter verlassen muß, dachte er, bin ich nicht schuld.

Die Frau schlief nicht. Sie dachte an den Nordsüden, in den sie morgen gehen würde mit dem Mann, dessen Namen sie nicht kannte. Es war ihr gleichgültig, wie der Mann hieß. Er gefiel ihr auch nicht sonderlich gut. Aber sie hatte mit ihm an dem Eispfahl gestanden, als der Brombeerwind wehte, und die Frau glaubte an die Vorsehung. Zudem wußte sie, daß es in Grönland keine besseren Männer gab als diesen, alle glichen sie den verdorbenen Nachfahren der gekreuzigten Jungfrau. Es gab keine Männer in Grönland und keine Briefe. Sie hatte daran gedacht, Grönland allein zu verlassen, ohne einen Mann den Weg in den Nordsüden zu gehen. Aber wie sollte sie allein eine Hütte bauen, ein wildes Pferd zureiten, ein Feld bestellen, Kinder zeugen und gebären und Briefe austragen. Nichts wünschte die Frau mehr, als wieder Briefe austragen zu dürfen, das beschriebene Papier zu den

Leuten zu bringen, die sich freuten oder fürchteten oder gelangweilt waren, wenn sie den Absender lasen. Niemals hatte sie die Briefe einfach nur in den Kasten gesteckt. Sie hatte geklingelt, den Brief übergeben und ruhig abgewartet, welche Reaktion er in dem Empfänger hervorrief. Mit Leidenschaft hatte sie Telegramme überbracht, keine Glückwunschtelegramme auf blumengeschmücktem Glanzpapier, die nicht, die wurden uninteressiert und fröhlich entgegengenommen, man drückte ihr einige Bonbons in die Hand oder einen getrockneten Fisch von der Festtafel, das war alles. Aber die anderen hatte sie geliebt, die kleinen gefalteten Botschaften, die Explosionen in ihren Empfängern auslösten, Weinkrämpfe oder Freudenschreie, die nicht einmal so lange unterdrückt werden konnten, bis der Überbringer der Botschaft sie nicht mehr hätte hören können. Im Gegenteil: oft wurde sie beschworen, doch zu bleiben, fünf oder zehn Minuten nur, um mit einem Glas Moosbeerenwein auf den ersten Enkelsohn anzustoßen, oder um die Hand der Witwe zu halten, die seit zehn Sekunden von ihrem Witwenstand wußte.

Anfangs hatte sie Befriedigung erfahren durch ihre Anteilnahme. Ihr Leben vollzog sich als ununterbrochene Folge von Erlebnissen, die jedes Gefühl beanspruchten, zu dem sie fähig war. Allmählich aber war die Anteilnahme der Neugier gewichen, und die Neugier einer Sucht. Sie war süchtig geworden nach den Explosionen in den Menschen, die sich langsam und sehr unterschiedlich ankündigten. So wurde der Empfänger einer nahegehenden Todesnachricht zunächst rot oder blaß. Diese erste Reaktion bestimmte die gesamte nachfolgende Reaktionskette. Wurde der Empfänger bleich, so verfiel er in der Regel danach in eine teilnahmslose Schlaffheit, unter der er sich auf seinen Beinen nicht mehr halten konnte, und verwirrend ruhig, gleichsam gelähmt in seinen Sinnen, nach einer Sitzgelegenheit suchte. Dort saß er zwei oder drei Minuten, manchmal sogar länger, scheinbar ungerührt, bis die Lähmung sich plötzlich löste. Dann kamen die Tränen oder noch immer verhaltene, nach innen geschluchzte Laute, die erst allmählich den Mut fanden, nach außen zu dringen. Wenn sie aber endlich aus dem Innern des Menschen quollen wie glühende, steinige Lava, wenn der Körper des Menschen unter den Stößen des Schmerzes zuckte, wenn seine von der Trauer geblendeten Augen bei ihr Hilfe suchten, war es ein gewaltiger und ergreifender Anblick. Diese Art des Leidens hatte sie seit jeher als schön und würdevoll empfunden. Die andere Variante, die mit einer roten bis violetten Verfärbung des Gesichts begann, bot ihr weniger Möglichkeiten des ästhetischen Genusses. Allein die Verfärbung gab der Szene etwas Profanes. Hinzu kam, daß der heftige und laute Gefühlsausbruch sofort einsetzte; die beherrschte Phase der Bleichen entfiel. Für gewöhnlich wurden die animalischen Schreie dieser Trauernden durch wildes Trommeln mit den Fäusten auf einen Gegenstand oder durch unbändiges Hin- und Herwerfen des Körpers, oft gegen Wände und Türen, begleitet, so daß sie in einigen Fällen sogar Verbände hatte anlegen müssen. Empfänger von Schreckensnachrichten, die rot anliefen, wiesen auch öfter als Bleiche verbale Reaktionen auf. Schreie wie: nein, nein, warum gerade ich; warum gerade mein Mann (Sohn, Tochter etc.), o meine Jungfrau, was hab ich denn getan, ließen darauf schließen, daß sie eher einem anderen dergleichen Leid gewünscht hätten, und daß sie es als Ungerechtigkeit empfanden, selbst betroffen zu sein.

Einige Empfänger fielen auch einfach in Ohnmacht. Das

war, fand die Frau, eine langweilige Geschmacklosigkeit, die feige Verweigerung eines letzten Freundschaftsdienstes für den Toten, seelische Faulheit, die sich nach dem Erwachen aus der Ohnmacht in langanhaltender Apathie fortsetzte. Sobald ein Empfänger ohnmächtig wurde, hatte die Frau bereits jedes Interesse am Fortgang der Szene verloren. Es war ihr aufgefallen, daß vorwiegend in die Besinnungslosigkeit floh, wer auch im normalen, alltäglichen Leben wenig Gestaltungswillen, dafür auffällige Triebschwäche aufwies. Frauen, die nie mit einem Mann geschlafen hatten, Männer, deren Impotenz allgemein bekannt war, gehörten ausnahmslos zu dieser Gruppe. Allerdings verzichteten die Männer auf die Ohnmacht und verfielen sofort in stumme Apathie. Aber selbst bei den Ohnmächtigen hatte die Frau ihre Funktion als schuldloser Veranlasser so extremer Reaktionen, deren Zeuge sie wurde, genossen. Manchmal hatte sie sich in die Rolle des Mörders gedacht, des wirklichen Verursachers der Explosionen, ohne daß sie die Folgen eines Mordes, der damals noch strafbar war in Grönland, hätte tragen müssen. Dann hatte sie sich mächtig gefühlt; allmächtig, wenn sie die Hinterbliebenen ihres Opfers sanft in den Arm nahm und sie tröstete. Sie hatte ein gutes Leben gehabt, solange es Briefe gab in Grönland. Nein, es hatte schon früher aufgehört, schön zu sein, oder es hatte früher begonnen, anders zu werden. Nur hatte sie es anfangs für Zufall oder für die Folge außergewöhnlicher Witterungsströmungen gehalten, wenn einige Empfänger nur schwach reagierten wie fast erloschene Vulkane, die ihre letzte Glut kraftlos über die Kraterränder spien. Freude erschöpfte sich in dünnlippigem Lächeln und Trauer in kurzatmigem Seufzen. Aber die Veränderung breitete sich aus, und Zufall oder Wetter waren keine Erklärungen mehr. Das Schlimmste war, alle seufzten und lächelten ähnlich. Bis auch das Lächeln ausblieb und das Seufzen. Manche legten die Telegramme auch ungeöffnet auf den Tisch und lasen sie irgendwann, wenn die Frau nicht mehr zusehen konnte, oder sie lasen sie nie. Allmählich wurden die Telegramme selten, dann blieben sie aus. So dringend schien keine Nachricht mehr zu sein, daß man sie hätte telegrafieren müssen. Keiner wußte, was die veränderte Gemütsart der Grönländer verursacht hatte. Manche sagten, schuld seien die Unterwasserexperimente, die seit einigen Jahren unter strengster Geheimhaltung durchgeführt wurden und spürbare klimatische Veränderungen zur Folge hatten. Die durchschnittlichen Tagestemperaturen waren im letzten Jahr um eins Komma vier Grad gesunken. Dieser Vermutung fehlte jede Beweiskraft, trotzdem verstummte das Gerücht nicht. Die Frau trug die spärlicher werdenden Briefe aus, steckte sie auch zu dieser Zeit niemals nur in den Kasten, sondern klingelte wie gewohnt an jeder Tür, aber immer seltener kam es zu einem Gespräch mit einem Empfänger, und wenn, wurde es nur ein karger Wortwechsel über das kalte Wetter oder über die anstrengende Arbeit. An einem Montag vor einem Jahr kam zum erstenmal kein Brief für den Postbezirk der Frau, auch am Dienstag kam kein Brief, auch am Mittwoch nicht und nicht am Donnerstag, es kam seitdem nie mehr ein Brief, in keinem Postbezirk von ganz Grönland ist seit diesem Tag je wieder ein Brief eingegangen. Niemand hatte es den Menschen verboten, Briefe zu schreiben, aber sie schrieben keine Briefe mehr. Plötzlich und geheimnisvoll war in dem Volk von Grönland das Bedürfnis erloschen, wichtige Ereignisse einander mitzuteilen. Oder anders: es gab keine wichtigen Ereignisse mehr in Grönland; Tod, Geburt, Krankheit,

Hochzeit wurden eingereiht in die tägliche Monotonie des Aufstehens, Essens, Arbeitens und des Schlafens. Eine graue Lethargie hatte sich auf das Volk von Grönland gelegt. Die Post wurde durch diese Entwicklung vor existentielle Probleme gestellt. Man entschloß sich im Sinne sozialer Politik, niemanden zu entlassen. So hatte die Frau ihr Auskommen, aber ihr Leben war von unendlicher Langeweile. Zur gleichen Zeit stieg die Anzahl der Tötungsverbrechen sprunghaft an. Frauen brachten ihre Männer um, Männer ihre Frauen, Kinder ihre Mütter, Mütter ihre Kinder. Anfangs wurde nur nachts gemordet und vorwiegend im Kreise der Familie. Bald aber fielen Fremde auf offener Straße unter Grönlands weißer Sonne übereinander her, zerbissen sich die Kehlen und stießen sich die Messer in die Bäuche.
Die Regierung reagierte durch die Wiedereinführung der Todesstrafe. Aber die Grönländer schienen das Fürchten verlernt zu haben. Sie töteten und töteten. Die Regierung sah sich gezwungen, das Töten als neue, allgemein übliche Form der Kommunikation anzuerkennen und gesetzlich zu regeln. Strafbar blieb das Töten von Personen, mit denen der Töter nicht verwandt war; das Töten mit stumpfen, metallischen Gegenständen, kantenlosen Steinen, abgebrochenen Flaschen, sowie mit Flaschen überhaupt. Es war weiterhin verboten, während der gesetzlichen Arbeitszeit zuzüglich halbstündiger Wegzeiten zu töten. Außerdem wurde der Freitag als tötungsfreier Tag eingeführt. Es war lange öffentlich darüber diskutiert worden, welcher Wochentag als tötungsfrei bestimmt werden sollte. Sicher war nur, daß weder der Sonnabend noch der Sonntag in Frage kamen, da sie arbeitsfreie Tage waren und somit die ruhigsten und überlegtesten Tötungen ermöglichten. Man

hatte sich letztlich auf den Freitag geeinigt, den Einkaufstag der meisten Frauen, um eine sichere Versorgung der Familien über das Wochenende zu gewährleisten.
Die Frau hatte keinen Mann, keine Kinder, und ihre Mutter war gestorben, ehe sie die Frau fertiggeboren hatte. Es gab niemanden, der die Frau hätte töten dürfen. Trotzdem wurde sie von der Verwandlung der Grönländer arg betroffen. Denn obwohl ihnen innerhalb der Familien die größte Gefahr drohte, zogen sie sich dorthin zurück, schlossen sich ein mit ihren möglichen Tötern, sprachen selten mit Bekannten, niemals mit Fremden, als hätten sie von diesen etwas zu befürchten.
Die Frau hängte sich ihre leere Posttasche, die sie der Post nicht hatte zurückerstatten müssen, über die Schulter und lief durch ihren Postbezirk an der Nordwindstraße. Sie klingelte jeden Tag an jeder Tür und sagte jedem, der öffnete, daß heute kein Brief für ihn gekommen sei. Jaja, sagten die Hausfrauen oder sie sagten gar nichts und verschlossen ihre Haustüren wieder. Bald sahen sie nur noch heimlich durch die Fenster und ließen die Türen verriegelt, wenn sie die Frau mit der leeren Posttasche erkannten. Einmal wurde die Frau mit den verfaulten Eingeweiden eines Fisches beworfen. Trotzdem ging sie jeden Tag an jede Tür und klingelte. Und bemerkte, daß die Menschen hagerer wurden, kleiner und stumm. Wenn die Frau vor einer der Türen stand, die nicht geöffnet wurden, wenn sie ein gelbes, spitzes Gesicht hinter einem Fenster entdeckte, kam es vor, daß heiße Mordlust sie befiel. Ein glühender Stoß durch ihren Körper, zu Krallen verkrampfte Hände, Ober- und Unterkiefer ineinander verbissen. Dieser Zustand verging plötzlich, wie er gekommen war und hinterließ in der Frau eine tiefe, unerfüllte Erschöpfung. Warum will ich mit

ihnen sprechen, wenn keiner mehr sprechen will, dachte die Frau. Warum will ich noch Briefe austragen, wenn keiner mehr Briefe schreiben will und keiner mehr auf einen Brief wartet. Und warum kann ich nicht töten wie die anderen. Vielleicht war ich früher ein Singvogel und wurde mit einer Schlinge gefangen und in einen Käfig gesperrt. Oder ich war eine Fasanin und jemand hat mich erschossen. Vielleicht kann ich nicht töten, weil ich das Getötetwerden kenne und weil ich mich fürchte.

Die Frau öffnete die Augen und sah den Mann an. Sie erkannte, daß er sie schon lange beobachtet haben mußte, und die Frau erschrak. Zum erstenmal dachte sie daran, daß der Mann sie umbringen könnte auf dem Weg, und daß der Mann fürchten mußte, sie könnte ihn töten. Aber der Mann dachte darüber nach, auf welche seltsamen Wege er geführt wurde in der Mitte seines Lebens, und er überlegte nicht ohne Sorge, wie er sich wohl anstellen würde beim Verwalten des vorhandenen Geldes vorhandener Menschen. Vielleicht bekäme er Lust zum Stehlen, dachte der Mann. Wahrscheinlich aber würde er keine Lust zum Stehlen bekommen, denn auch die Lust zum Töten hatte ihn nicht befallen, auch nicht, als das Töten erlaubt war. Seine Mutter hatte ihn mild und zärtlich erzogen und hatte Bosheit von ihm ferngehalten. Nur einmal hatte der Mann Lust verspürt zu töten. Grundlos und unerklärlich wünschte er, seine Mutter zu töten. Der Gedanke kam über ihn, während er die vergilbten und an den Rändern eingerissenen Rechnungen der Grönländischen Könige prüfte, und er war zu einem zwingenden Bedürfnis angewachsen, als es Abend war und der Mann nach Hause fuhr. Unterwegs überlegte er, auf welche Weise er seine Mutter töten wollte; unblutig und schmerzlos, aber nicht unmerklich, ersticken oder würgen,

dachte er. Dann erinnerte er sich, daß es Freitag war, und er verschob seine Absicht auf den nächsten Tag. Am Sonnabend erwachte er gegen Mittag und wußte nicht mehr, warum er seine Mutter hatte töten wollen, denn er liebte sie. Er hatte nicht über den Vorfall gesprochen und dergleichen hatte sich nicht wiederholt. Auch als Verwalter vorhandenen Geldes vorhandener Menschen würde er sich trauen können, dachte der Mann.
Er überlegte, welche Gründe es für ihn gab, in Grönland zu bleiben. Er wußte zwei: weil er Grönländer war, und weil seine Mutter, die er liebte, in Grönland lebte. Andererseits, dachte der Mann, waren dies zugleich Gründe, Grönland zu verlassen. Falls die Lust, seine Mutter zu töten, ihn doch noch einmal befiele, wäre Grönland, wo das Töten erlaubt war, der unglücklichste Ort für seinen Aufenthalt, wie es überhaupt zu bedenken wäre, ob er nicht allein aus Liebe zu seiner Mutter Grönland verlassen sollte.
Die Frau wußte nicht, wie sie das Schweigen des Mannes deuten sollte. Immer noch beunruhigte sie der Gedanke, er könnte auf die Idee kommen, sie zu töten, obgleich in seinem Gesicht nichts auf gewalttätige Gedanken hinwies. Die Augen blickten müde auf einen Punkt, und der schmale Mund zwischen den Barthaaren bog sich in beiden Winkeln traurig nach unten. Mußte es wirklich dieser sein, dachte die Frau. Vielleicht hätte es doch einen besseren gegeben, einen stärkeren, weniger kleinmütigen. Wer weiß, wozu so ein schwächlicher am Ende fähig war.
Wenn du lieber umkehren willst, kannst du gehen, sagte die Frau. Du sollst freiwillig mitkommen oder gar nicht.
Das ist nicht fair, sagte der Mann, das ist sogar unfair, erst fängst du etwas an, und jetzt willst du plötzlich aufhören. Das darf man nicht. Du hast mich entführt, und jetzt sieh zu,

wie du damit fertig wirst. Alles ist ein Prozeß, und ich habe keine Schuld.
Die Frau stöhnte. Du gekreuzigte Jungfrau, was haben deine Hurentöchter aus ihnen gemacht. Komm her, sagte sie zu dem Mann, der Prozeß geht weiter. Sie zog ihm die Bärenfelle vom Körper und setzte sich rittlings auf seinen Bauch. Komm, wir machen es so, damit du nicht schuld bist.
Laß das, sagte der Mann. Er stieß die Frau von seinem Bauch und deckte sich wieder zu.
Wer bist du, schrie die Frau, Mann oder Weib, Grönländer oder Nordsüdler. Willst bleiben und läßt dich entführen; läßt dich entführen, aber nicht verführen. Hat dir das deine Mami gesagt: laß keine Frau auf dich rauf, pack sie unter dich wie ein Laken, wie einen Teppich, wie eine Wiese, aber laß sie nicht auf dich rauf, weil sie sonst die Macht fühlt, die sie hat da oben, wenn sie sich mit ihren Händen in deinen Hals gräbt, wenn sie dich zwischen ihre Schenkel klemmt, wenn sie ihr Gewicht auf dich niedergehen läßt wie einen Hammer auf den Amboß. Klug ist deine Mami, ein kluges Weib. Die kennt das Gefühl, auf euch zu sitzen wie ein König auf seinem Pferd und euch die Sporen zu geben.
Der Mann sprang auf. Er stand nackt auf den Bärenfellen, und seine blassen Lippen zitterten zwischen dem Barthaar. Sprich nicht so von meiner Mutter. Sprich nicht so. Sie war nie auf einem Mann drauf. Nie hätte sie ihre Beine über einen Bauch geschoben, Mami, so etwas hast du nicht getan, sag ihr, daß sie eine verdorbne Phantasie hat. Es stimmt nicht, du warst nie auf einem Mann, du sollst ihr sagen, daß es nicht stimmt, schrie der Mann und fiel weinend auf die Bärenfelle. Ach Mami, ich hab dich gesehn, auf einem weißen, weichen Bauch hab ich dich gesehn.
Die Frau drehte dem Mann den Rücken zu. Sie ekelte sich

vor ihm, wie er da lag und heulte und mit dem Handrücken den Schleim wegwischte, der ihm aus Mund und Nase floß. Was gibt es da zu flennen, sagte sie, deine Mami ist eine vernünftige Frau, die weiß, wie man sich eine Freude macht. Und deck deinen Schwanz zu, wenn er in so einem traurigen Zustand ist.

Du siehst ihn doch gar nicht, sagte der Mann.

Ich seh ihn trotzdem vor mir, wenn er so offen rumliegt, deck ihn zu.

Der Mann deckte sich zu. Die Frau stand auf, zog sich an, ging aus der Hütte und kam mit einer Handvoll Schnee zurück. Sie taute den Schnee in ihrer Hand auf und wusch dem Mann das Gesicht. Weine nicht mehr, sagte sie, wir wollen uns nicht mehr streiten. Wir gehen in den Nordsüden, dort darfst du richtiges Geld verwalten, und ich werde wieder Briefe austragen, wir fangen uns einen kleinen braunen Waldhasen, den du jeden Morgen beim Frühstück streichelst, wir bauen uns ein Haus unter grünen Blätterbäumen, und am Sonntag suchen wir Brombeeren im Wald. Niemand darf uns töten, und wir müssen das Töten nicht lernen. Du darfst immer oben liegen, damit du nicht an deine Mami denken mußt. Die Frau nahm den Mann in ihre langen Schlangenarme und streichelte ihn, bis er nicht mehr weinte. Im Nordsüden können wir uns nackt in den Sand legen, ohne zu frieren. Und nichts ist da weiß, jedes Ding hat seine Farbe, weiß ist verboten. Nur die Zähne und das Weiße in den Augen dürfen weiß sein. Aber wenn einer seine Wände oder Fensterrahmen weiß streicht, kommt die Polizei und streicht darüber, grün oder blau, was sie gerade haben.

Und welche Farbe hat der Schnee im Nordsüden?, fragte der Mann.

Es schneit fast nie, sagte die Frau. Und wenn es schneit, wird der Schnee schon in der Luft eingefärbt, habe ich gehört, jeder Neuschnee bekommt eine andere Farbe.
Der Mann löste die Arme der Frau von seinem Körper und setzte sich mit geradem Rücken auf die Bärenfelle. Gefärbter Schnee mißfällt mir äußerst, sagte er, das ist ein unzulässiger Eingriff in die Natur; mit an Sicherheit grenzender Wahrscheinlichkeit ein Einfall von Weibern: die Natur schminken. Und das gefällt dir?
Der Mann ist ein Fehlgriff, dachte die Frau. Es war keine Vorsehung, sondern ein dummer und unglücklicher Zufall, daß der staubige Wind geweht hatte, als sie mit dem Mann am Eispfahl stand. Aber was konnte sie jetzt noch ändern? Nichts konnte sie jetzt noch ändern. Und letztlich war sie froh, daß er ihr Angebot umzukehren, nicht angenommen hatte. – Sicher stimmt es gar nicht, sagte sie, es wird viel erzählt, und das meiste stimmt nicht. Aber vielleicht würde es dir sogar gefallen.
Es ist wider die Natur und kann mir darum nicht gefallen, sagte der Mann.
Die Frau lachte. Der Mensch an sich ist wider die Natur, sagte sie, sonst müßte er sich nicht Häuser bauen gegen die Kälte, sondern hätte ein Fell, das ihn wärmt; oder er würde aussterben, wie es sich in solchen Fällen gehört für die Natur. Der Mensch hat überlebt wider die Natur und darf auch wider die Natur den Schnee einfärben, wenn es ihn freut.
Der Kampf ums Überleben ist vernünftig, und es gibt keine Vernunft wider die Natur, sagte der Mann.
Die Frau lachte wieder, diesmal lauter. Der Mensch überlebt vernünftig, das ist gut. Er reißt der Erde die Eingeweide aus dem Leibe, er zieht ihr die Haut ab, er frißt, zerstampft und

vergiftet, was auf ihr herumläuft, nur um zu überleben. Das ist Natur. Männer und Frauen zeugen Kinder, um sie, kaum daß sie bis zum Leben ausgebrütet sind, auf diese oder jene Art zu töten. Auch das ist Natur. Aber ein schöner bunter Schnee ist Unnatur, weil die Natur in Grönland nur zwei Eigenschaften haben darf: sie ist weiß und kalt. Nichtweiß und nichtkalt und alles Nichtweiße und alles Nichtkalte ist wider die Natur.

Natur ist, wie sie ist, sagte der Mann, die großen Fische fressen die kleinen, und die Ziegen fressen die Erde kahl, und wenn sie die Erde kahl gefressen haben, fressen sie die Bäume kahl. Und wenn die Menschen die Tiere aufgefressen haben, werden sie die Menschen fressen, so ist die Natur. Gefärbter Schnee ist wider die Natur.

Gut, sagte die Frau, dann ist die Natur wider die Natur. Ich bin Natur, ich war ein natürlicher Vogel und bin ein natürlicher Mensch. Ich liebe das Nichtkalte und das Nichtweiße. Wenn schon Schnee, dann bunter Schnee. Die Natur Grönlands ist wider mich, und ich bin wider die Natur Grönlands. Ich kann sie nicht fressen, aber ich kann sie verlassen.

Ich werde dir sagen, was du bist, sagte der Mann und stieg mit dem linken Bein in die Hose. Du bist eine Lügnerin, sagte er und stieg mit dem rechten Bein in die Hose. Du warst nie ein Vogel, weil es das nicht gibt, daß ein Mensch ein Vogel war, bevor er ein Mensch ist, sagte der Mann und zog die Hose hoch bis zum Bauch. Die Geschichte mit den Hurentöchtern der gekreuzigten Jungfrau hast du erlogen. Und die Geschichte von meiner Mami ist eine niederträchtige Lüge. Jedes Wort über den Nordsüden hast du gelogen, sagte der Mann und knöpfte seine Hose zu. Es gibt keinen bunten Schnee, und auf der ganzen Welt gibt es nur weiße

Hasen. Aber gut, es ist gekommen, wie es gekommen ist. Du wirst mich entführen, und ich bin nicht schuld, weil alles ein Prozeß ist. Zieh dich an, sagte der Mann, wir wollen jetzt gehn.

Die Frau stand auf. Sie nahm das Bärenfell vom Bild der gekreuzigten Jungfrau, betrachtete das Bild noch einmal und dachte an den staubigen Wind und an den Geruch von Brombeeren, den sie kaum noch erinnern konnte. Wir sollten umkehren, sagte sie, es hat keinen Sinn, ich glaube, wir haben es falsch angefangen. Eher werden wir den Nordsüdlern das Töten beibringen, als daß wir es bei ihnen vergessen. Sie hat uns verdorben, sagte die Frau und zeigte auf das Bild der am Kreuze lächelnden Jungfrau. Komm, laß uns nach Hause gehen und auf einen besseren Tag warten.

ANNAEVA

I

An einem violetten Tag erwachte Annaeva wieder müde und lustlos, und sie beschloß, die Stadt, in der sie lebte, zu verlassen. Sie zog ihr schwärzestes Kleid an, packte alle vorhandenen Konserven in die leinene Umhängetasche und machte sich auf den Weg. Sie verabschiedete sich von ihrer Mutter, von ihrem Vater, von den Geschwistern, von ihren Freunden, die sie nicht mehr liebte, und von den Feinden, die sie nicht mehr haßte. Der Abschied von den Feinden wurde ihr schwer, denn Annaeva kannte sie gut, und auch die Feinde kannten Annaeva gut. Man wußte, was man voneinander zu erwarten hatte. Bislang hatte man es überlebt.

Zu welchen Feinden willst du gehn, Annaeva, fragten die Feinde.

Ich muß durch die Dürre, ich muß wissen, was danach kommt, antwortete Annaeva.

In der Dürre leben die schlimmsten Feinde, sagten die Feinde. Wenn du willst, geben wir dir einen unserer Spürhunde mit, der meldet dir jeden Feind.

Das ist sehr freundlich von euch, sagte Annaeva, aber ich will den Hund nicht. Woher weiß ich, daß ein Feind des Hundes auch mein Feind ist, oder daß er mich mit seinem Bellen nicht verrät an einen Feind.

Es ist schade, daß du nicht mehr unser Feind sein willst, Annaeva. Wir wünschen dir viel Unglück auf deinem Weg, sagten die Feinde und lachten leise.

Zu welchen Freunden gehst du, Annaeva, fragten die Freunde.

Ich muß durch die Dürre, in der es keine Freunde gibt.
Willst du einen guten Rat von uns mitnehmen, fragten die Freunde.
Ich laufe weg vor eurem guten Rat, wozu sollte ich ihn mit mir schleppen, sagte Annaeva.
Wir wünschen dir Glück, sagten die Freunde und weinten ein wenig.
Am ersten Tag durchquerte Annaeva die Stadt, lief durch die kleinen Straßen, die sie gemocht hatte, vorbei an den Cafés, in denen sie gesessen hatte. Sie kehrte nicht mehr ein. Sie war nicht wehmütig und nicht ängstlich. Vor den letzten Bäumen am Rande der Stadt blieb sie stehen und betrachtete sie so lange, bis sie jeden Zweig wußte und jedes Blatt, damit sie sich in der Dürre an sie erinnern könnte. Und die Kinder, die auf der Stadtmauer spielten, nahm sie in ihrem Gedächtnis mit auf den Weg, das Knallen ihrer Spielzeugpistolen, die sie auf Annaeva gerichtet hatten, und den Schrei ihres Anführers: Pengpeng, du bist tot, Annaeva. Dann ging sie mit geschlossenen Augen durch die kleine Luke in dem eisernen Tor, und als sie nach hundert Schritten die Augen wieder öffnete, war um sie herum die gelbe steinige Ebene und hinter ihr lag ihre verlassene Stadt wie eine stille Festung.
Ungläubig, weil sie es wirklich gewagt hatte, und erschrokken über die Ziellosigkeit der kahlen Landschaft, suchte Annaeva nach der Richtung, in die sie gehen wollte. Links vor ihr streckte sich ein schwarzer flacher Hügel. Das mußte die Halde sein, auf die man mit riesigen Lastwagen die weggeworfene Zeit der Selbstmörder fuhr. Schwere, zu einem Berg verwachsene Brocken aus Zeit, dunkles, rissiges Gestein, auf dem kein Moos sich niederlassen wollte. Auch Zeit noch Lebender war darunter, Halbtoter, von Alkohol

und Tabletten Betäubter. Das waren die gedunsenen und blasigen Klumpen, die abseits lagen. Annaeva graute vor dem Weg, der sie an dem Hügel vorbeigeführt hätte. Sie sah nach rechts, fand bis zum Horizont keinen Punkt, an dem ihre Augen sich hätten festhalten können beim Laufen, kein Maß für Erreichtes, auch nichts Abschreckendes. Das gleiche, wenn sie nach vorn sah.

Es fand sich kein Ziel außer diesem: hinter der Dürre. Annaeva hängte sich die Leinentasche mit den Konserven über die andere Schulter, lockerte, um besser atmen zu können, ihren Gürtel und lief gerade in das steinige Feld.

Ich vergesse meine Mutter, ich vergesse meinen Vater, niemand hat mich geboren, ich bin der Erbe von nichts. Ich setze meine Füße und komme vorwärts, mein Ziel ist so weit wie der Horizont, ich muß meine Freunde nicht lieben, ich muß meine Feinde nicht hassen, unter mir ist die Erde, über mir ist der Himmel, dazwischen bin ich.

Die Nacht verbrachte sie in der Nähe der Stadt, im Windschatten eines hohen Steines. Bevor sie einschlief, dachte sie an die merkwürdigen Tiere, die in der Dürre leben sollten, Säbelzahnameisen und grüne Schleimspinnen, die noch niemand gesehen hatte, an deren Existenz aber jeder glaubte. Sie fand, die erste Nacht in der Einsamkeit war keine Zeit, sich zu ängstigen. Noch kroch keine Schleimspinne über ihre Haut und keine Säbelzahnameise zerschnitt ihr das Herz. Ihre Stadt lag als eingemauertes Lager, in der Dunkelheit schwer erkennbar, hinter ihr. Wäre sie noch in ihren Mauern, würde sie jetzt in ihrer Höhle liegen und lesen, oder sie würde die Bücher auch ängstlich meiden, wie oft in der letzten Zeit. Früher hatte sie sich in den Geschichten aufgehoben gefühlt, hatte Bestätigung erfahren durch die Verwandtschaft ihr fremder, artikulierter Leben. Jetzt, seit sie die Müdigkeit empfand, bewiesen sie ihr, daß sie überflüssig war. Nichts, das es nicht schon gegeben hätte, kein Schmerz, der nicht längst empfunden wurde, keine Freude, die nicht schon widerlegt war, jede Besonderheit war schon Allgemeingut. Sie selbst nichts als ein Plagiat der Bücher. In ihnen war ihr Leben längst beschrieben, vollendet, gefeilt und geschliffen; sie mußte es nicht mehr leben. Sie suchte Beweise ihrer lebendigen Existenz. Sie stritt sich mit ihren Freunden, um sich durch deren heftige, zuweilen sogar wütende Reaktionen ihr eigenes Vorhandensein bestätigen zu lassen. Sie wünschte sich, in solchem Streit einmal geschlagen zu werden. Schmerz war der sicherste Beweis für Existenz. Wenn es regnete, ging sie spazieren. Am liebsten war ihr Gewitterregen, der sie bis auf die Haut durchnäßte. Sie ging durch die dunklen, leergespülten, nur hin und wieder vom Blitz erhellten Straßen, ließ sich vom Donner wie von Hammerschlägen treffen, ließ den Wind tief in ihr Fleisch schneiden. Manchmal weinte sie vor Schreck und Angst, aber sie war sicher, daß sie lebte. Auch jetzt bin ich sicher, dachte sie und sah so lange starr in den Himmel über der Dürre, bis ihr schien, die Sterne kämen langsam auf sie zu. Ich bin mir meines Lebens sicher, sagte sie leise und erkannte den Doppelsinn der Worte: Warum war sie ihres Lebens erst sicher, wenn sie es in Gefahr gebracht hatte? Manchmal glaubte sie, es läge in ihrem Wesen ein Mangel, der sie hinderte, Glück oder Freude ebenso stark zu empfinden wie Schmerz. Aber war es nicht ein Mangel, den sie mit fast allen Menschen, die sie kannte, teilte, ein Mangel also in der menschlichen Natur oder in der Art zu leben, wie sie üblich war. Oder was hatte es mit dem Glück auf sich, daß es als Existenzbeweis nicht taugte. Einmal, wußte sie, hatte das Glück von ihr Besitz ergriffen wie später die Trauer, einmal nur. Und selbst für dieses eine Mal war sie nicht sicher, ob nicht in der Erinnerung das Maß für einmaliges Glück von dem anschließenden Schmerz bestimmt wurde, der dem Glücklichsein gefolgt war wie eine überdimensionale Nachgeburt dem Kind. Seitdem blieb jedes Glücksgefühl verbunden mit dem Wissen um seine Endlichkeit, schlimmer: mit dem panischen Warten auf sein Ende. Die Trauer blieb, der Verlust war nicht umkehrbar, das Leid gehörte ihr, unteilbar und unabhängig.

Am Morgen erwachte Annaeva steifgliedrig und durchgefroren, betrachtete noch einmal ihre Stadt, nicht ohne den vagen Gedanken an Umkehr, und entschied sich noch einmal gegen sie. Sie lief schnell, begierig voranzukommen, stellte ihr Gehirn ganz in den Dienst der Sinne, als deren empfindsames Aufzeichnungszentrum allein es funktionieren sollte. Jede Farbe, jede Temperaturveränderung, die trockenen Gerüche, die von der Erde aufstiegen, und die Stille, der Annaevas Ohren sich nur allmählich öffneten, alles wollte sie erinnern können, nichts durfte unbemerkt bleiben.

Ich bin noch blind für Blässe, taub für Stille, fühllos für den flüchtigen Wind. Aber ich werde, was schrill und laut und grob ist, vergessen. Gedachte Gedanken, gefühlte Gefühle, gelernte Begriffe will ich vergessen und will meinen Ohren trauen, meinen Augen und meiner Haut.

Nach drei Tagen waren Annaevas Sinne wund und schmerzten bei jeder unerwarteten Berührung. Ein plötzlicher Sonnenstrahl blendete die Augen, und eine Windböe traf das Fleisch, als hätte man die Haut von ihm gezogen. Die unverändert karge Landschaft zerfiel in zahllose Klüfte und Schatten, in denen sie winziges Getier entdeckte.

Sie dachte an die Warnung ihrer Feinde, in der Dürre lebten die schlimmsten Feinde. Millimetergroße Echsen, staubkorngroße rosa Würmer und kaum erkennbare durchsichtige Fliegen waren das einzig Lebende, das sie bisher gefunden hatte. Trotz der Schmerzen, die sie jeden Zentimeter ihres Körpers spüren ließen, und ohne zu ahnen, wie weit oder wie nah das Ende der Dürre war, lief sie in die einmal gewählte Richtung. Am Abend des dritten Tages kam ihr der Gedanke, ihr Unterfangen könnte vergeblich sein. Die Dürre ist endlos, dachte sie, endlos und ohne Leben. Kein Ziel und keine Gefahr, eines Tages kehre ich in meine Stadt zurück, müde und mager, oder ich verdurste auf dem Weg. Sie dachte an ihre Höhle in der Stadt, an die Bücher, das weiche Bett, das Telefon. Eine Stimme hören, selbst sprechen. Ihr Mund war verklebt vom Schweigen. Sie trennte mit den Fingern die Lippen voneinander. Erst drei Tage, sagte sie, ich wußte, daß es länger dauert. Drei Tage einsame Ödnis, was ist das gegen meine Gründe, die Stadt zu verlassen, gegen ein Leben in Riten und Floskeln, Lehrsätzen mit Gesetzesanspruch wider die Erfahrung. Erster Lehrsatz: du mußt deine Freunde lieben; zweiter Lehrsatz: du mußt deine Feinde hassen; dritter Lehrsatz: du mußt an die Lehrsätze glauben ... So durch den ganzen langen Scheintod bis zum Tod. Und die kleine Freiheit, in den Cafés zu sitzen und über die Sätze zu spötteln.
In der Nacht träumte sie von Ferdinand, der impotent war und weinen mußte, wenn er eine Frau berührte. Ferdinand lag tot in der Dürre und Millionen durchsichtiger Fliegen schwebten über ihm wie ein gläserner Sargdeckel. Es sind nur noch fünf Tage, Annaeva, sagte Ferdinand, ich war zu müde. – Wie lange bist du gelaufen?, fragte Annaeva. – Lange, ich weiß nicht, wie lange. Es sind nur noch fünf

Tage, lauf schnell, Annaeva, die Fliegen warten überall. Ferdinands Gesicht unter der flirrenden Fliegenwand löste sich langsam in kreisförmige Wellen auf. Ferdinand, stirb nicht, schrie Annaeva und erwachte von ihrem Schrei. Die Nacht war schwarz und totenstill, die Luft unbewegt und dünn. Annaeva saß atemlos, um ein einziges Geräusch zu hören oder einen Windhauch zu spüren. Nichts. Als sei die Welt nicht mehr vorhanden, blieb es schwarz und unheilvoll still. Annaeva tastete über Erde, Steine und Sand. Plötzlich spürte sie zwischen den Fingern etwas klebriges Weiches, das ihr gleich wieder entglitt. Sie schrie leise auf, und der Schrei zog als ein schrilles Kreischen über die Dürre. Entsetzen lähmte Annaeva. Eine schleimige Spur kroch ihr über beide Arme. Wehrlos und steif streckte sie die Arme von sich. Die Spinnen, dachte sie, da sind sie, ich sterbe, der Ekel, tropft wie Gift durch die Poren, tödlich, ich sterbe. Sie hoffte auf Ohnmacht, nicht fühlen, wünschte den Tod, nur nicht mehr fühlen. Endlich griff sie nach ihrem Arm, dorthin, wo sie die Spinne vermutete. Sie faßte auf ihre eisige Haut, nichts Fremdes. Sie wischte über den ganzen Arm, suchte die klebrige Spur, die Haut war glatt und trocken. Sie ließ los und fühlte deutlich, wie es sich auf ihrem Arm bewegte. Sie sprang auf, rannte durch die Dunkelheit, riß sich an Steinen, stürzte, lief weiter. Ich hab Angst, Angst, ich will nicht, die Fliegen, ich will nicht unter die Fliegen. Die leinene Umhängetasche mit den Konserven schlug ihr gegen die Hüfte, die Luft fuhr ihr wie ein Messer durch Bronchien und Lunge. Sie hetzte weiter, bis sie, ohnmächtig vor Angst und Erschöpfung, zusammenbrach. Kam wieder zu sich, als die Sonne schon hoch am Himmel stand, lag auf einer mageren Wiese, die von halbhohem Dornkleegestrüpp bewachsen war. Der Boden unter dem

Gras war trocken und von feinen Rissen durchzogen wie wunde Haut. Annaeva betrachtete ihr Arme. Die Ellenbogen und Handknöchel waren blutig und von dünnem Schorf überzogen, aber dort, wo ihr gestern der glitschige Ekel über die Haut gekrochen war, fand sie keine Spur, nicht die zarteste Rötung oder einen anderen Hinweis auf die leibhaftige Existenz einer Schleimspinne.
Heute bin ich gestorben und habe mich überlebt. Ekel und Angst, meine siamesischen Geschwister, sind mir aus dem Leib gerissen. War ich ein Krüppel, oder bin ich jetzt einer?
Von Ferdinand hatte sie sich nicht verabschiedet. Ferdinand der Schöne mit der weißen Stirn, Ferdinand der Edle ohne Arg, Ferdinand der Schweiger voller Hochmut, Ferdinand, das Ekel aus geschnitztem Stolz, Ferdinand, der Sänger ohne Lieder, der Maler ohne Farben, der Dichter ohne Worte, Ferdinand der Impotente. Er hätte versucht, sie zurückzuhalten. Geh nicht, Annaeva, denk an die Spinnen und an die kalten Nächte, und wo wirst du ankommen, wenn du ankommst. Sollte er wie bisher in den Cafés sitzen und, umgeben von den Freunden, die stummen Lieder singen und die Tage zählen, die er nicht mehr zu leben hatte. Ich habe meinen Ekel verloren, auch den Ekel vor deiner Schwäche, Ferdinand, aber halte dich aus meinen Träumen.
Annaeva wußte nicht, wie weit und in welche Himmelsrichtung sie in der vergangenen Nacht gelaufen war. Sie orientierte sich an der Sonne, lief weiter nordöstlich wie in den letzten drei Tagen auch. Die Luft über der Steppe war kühler und klarer, und die bräunlich-grün bewachsene Erde ließ die Hoffnung zu, irgendwo vor der Unendlichkeit könnte das Gras wieder hoch und dicht wachsen; selbst der Gedanke an eine Hütte oder an einen dichtbelaubten Baum

schien nicht abwegig. Annaeva wußte nicht, ob ihr veränderter Gemütszustand auf ihre nächtlichen Erlebnisse oder auf die verwandelte Landschaft zurückzuführen war, aber sie fühlte sich, seit sie aufgestanden und die ersten Schritte gegangen war, unerwartet frisch und ihr Körper kam ihr seltsam leicht vor. Ihre Beine liefen, als hätten sie kein Gewicht zu tragen, die Bewegungen der Arme glichen einem Schweben, und den Kopf gerade zu halten, kostete Annaeva keine Mühe. Auch in ihrem Innern waren die Anspannung und der Druck der letzten Wochen einer kühlen Ruhe gewichen, die Freude ähnelte. Im Gehen pflückte sie die säuerlichen Früchte des Dornklees, die gut waren gegen den Durst. Zum erstenmal, seit sie die Stadt verlassen hatte, genoß sie ihren Weg. Wo dichteres Gras stand, ruhte sie aus, lag auf dem Rücken, schloß die Augen vor der Sonne, dachte einen Moment lang: ein bißchen bin ich schon angekommen, ich bin nicht mehr auf dem Weg weg von meiner Stadt, etwas habe ich schon gewonnen. Dann aber dachte sie, es sei wohl doch nur die Erleichterung, noch zu leben nach der nächtlichen Todesangst. Nichts gewonnen also, nur nichts verloren. Aber wer weiß, dachte sie, die Freude habe ich lange nicht mehr gekannt.

II

Nach zwanzig Tagen war der Körper fühlloses Fleisch, das Hirn krank von dem Satz: ans Ende der Dürre. Für jeden Schritt einmal: ans Ende der Dürre. Kein Gedanke an Umkehr; woher kam sie; wie lange lief sie; und keine Reue.

Nichts verloren
nichts gewonnen
so zerronnen.

Der Winter pfiff das Haus ein, und das Dach fiel auf die Wände, worunter sie alle begraben liegen. Und ich muß überleben in diesen zahllosen Schritten, die sich nicht tun wollen. Sohin, dahin, wohin. Wer denn. Ich. Sosein, dasein, nichtsein. Es hat sich das Tor geöffnet, und heraus trat die geschändete Jungfrau im schwarzen Gewand. Ach, so doch nicht. Fliege, weiße Friedenstaube. Ich ging, ich gehe, ich werde gehen und allein sein und Hunger haben und Durst. Die Luft wird sich teilen in böse und in gute Luft. Die gute wird mich ersticken und die böse wird mich verbrennen. Ich werde über die eingestürzten Dächer laufen und mich totlachen, weil ich nicht sterbe. Wo sind die Dächer. Wer hat noch ein Dach über seinem toten Kopf.

Kopf unterm Arm
meiner erbarm
sich, wer noch will
ich bin jetzt still.

Woher kamen diese Sprüche. Sie hingen wie fremde Erinnerungen über der Landschaft. Wessen Erinnerungen. Wer war hier schon gegangen. Wo lagen seine sonnengebleichten Knochen. Oder war er angekommen dort, wohin sie gewollt hatte und wohin sie nun gehen mußte. Oder es waren ihre eigenen Gedanken, die, schon zur Erinnerung geronnen, fremd auf sie niederkamen.

Am Abend legte sie sich auf die Erde und suchte hinter den geschlossenen Lidern das Bild ihrer Zukunft. Sie sah in zwei Augen. Die Augen waren grau und klar mit großen Pupillen, umrahmt von dunklen Wimpern. Es waren ihre Augen. Annaeva verstand das Bild nicht, setzte sich auf, suchte den

Himmel nach Wolkengebilden ab, fand ein galoppierendes Pferd auf drei Beinen, schloß die Augen wieder und wartete auf ein anderes Bild. In das Dunkel schwammen wieder die Augen und sahen reglos aber lebendig in Annaevas Augen, bis Annaeva nicht mehr wußte, welche Augen wirklich ihr gehörten. Das Bild drehte sich, und sie sah das linke Auge im Profil. Allmählich verblaßten die Pupille, die Iris und das Weiße im Auge, während die Konturen schärfer wurden und hinter dem Auge die gelbe, endlose Dürre erschien. Wo Himmel und Dürre aufeinandertrafen, lief durch das Bild ein wolkiger Streifen, der sich abwechselnd weiß und dunkelgrau färbte.

So ist das, dachte Annaeva oder sagte sie, es ist so, daß nur ich mich noch höre, fühle und sehe. Ich bin das Auge aus mir und das Auge auf mir, die Stimme in mir und die Stimme zu mir, ich bin der Wärter, ich bin das Tier. Ich bin zwei.

Die eine setzt die Füße, die andre fragt: wozu. Die eine sagt: ans Ende der Dürre. Die andre sagt: es gibt kein Ende. Ich wollte weg aus meiner Stadt. Ich gehe ins Nirgends. Meine Augen wollten sehn. Ich sehe in meine Augen. Ich bin zwei, ich bin Niemand, ich hebe mich auf.

Nachts flog sie in ihre Stadt und suchte Ferdinand. Er saß im Café, umgeben von den Freunden, in den Händen die Gitarre ohne Saiten. Als er die Augen öffnete und die Gitarre beiseite stellte, klatschten die Freunde. Ferdinand stand auf. Annaeva ging zu ihm, aber er sah sie nicht. Sie umarmte ihn und er spürte sie nicht. Sie flog zu ihrer Mutter. Die Mutter stand am Küchentisch, schnitt eine Zwiebel und sang:

Ach, hätt ichs nicht geboren,
dann hätt ichs nicht verloren.

Ach, hätt ich nicht und hätt ich nicht
das Blümlein heißt Vergißmeinnicht.

Dabei weinte die Mutter. Als Annaeva sich an den Tisch setzte, sagte die Mutter: Kämm dich, Annaeva, und wasch dir die Hände und dann geh zurück in dein Grab. Du hattest eine schöne Beerdigung und solltest zufrieden sein. Wir haben extra den Sarg mit Samt genommen, damit du weich liegst. Er war nicht billig.

Die Mutter sang:

Die stille Leich im Tochtergrab
ist wohl das liebste, was ich hab.

Am Morgen stand Annaeva nicht auf. Sie hatte Zeit. Wo sie herkam, wurde sie nicht vermißt. Nirgends wurde sie erwartet. Was hieß das: sie wurde nirgends erwartet, wenn sie nach Nirgends ging. Sie wurde nicht erwartet oder: sie wurde erwartet in Nirgends. Niemand stand am Stadttor von Nirgends. Er ähnelte Ferdinand und schenkte ihr zur Begrüßung eine Handvoll Blumensamen. Damit sie nicht so schnell verwelken, sagte Niemand, und jetzt werde ich dir unser Haus zeigen. Es steht am schönsten Platz von Nirgends inmitten eines großen Gartens, in dem Niemands Kinder spielen werden. Niemand küßte sie und streichelte ihr Gesicht. Niemand sagte: wenn du nichts hast, werde ich dir etwas geben; wenn du krank bist, werde ich dich pflegen; wenn du stirbst, werde ich dich begraben. Und du sollst das gleiche für mich tun. Das sagte Niemand und brachte sie in das Haus am schönsten Platz von Nirgends. Annaeva sagte: wir wollen Abstand halten voneinander, damit wir unsere Gesichter nicht vergessen unter den vielen Grimassen des Überdrusses. Und Niemand freute sich, weil er darüber dachte wie sie.

Ich habe Zeit. Niemand wird lange warten auf seine versprochene Witwe. Ich kann liegen bleiben und auf meine Zukunft warten, die ich selbst bin; die zwei, die ich bin, streiten lassen, bis ich selbst Niemand bin, der auf mich wartet.

Und fressen mich die Raben
dann werd ich nicht begraben.

HERR AURICH

I

Der Kraftfahrer öffnete Herrn Aurich, der aus bekannten Gründen nur die hintere Sitzbank benutzte, die Wagentür, nahm Herrn Aurichs Aktentasche, überholte Herrn Aurich auf dem Weg zum Gartentor und öffnete es mit einem geübten Griff durch die Gitterstäbe, ehe Herr Aurich das Tor erreicht hatte. Inzwischen öffnete Frau Aurich, alarmiert durch das Klappen der Autotüren, die Haustür, durch die mit einem unartikulierten Brummen, das von Frau Aurich ohne Zögern als Gruß verstanden wurde, Herr Aurich trat und nach ihm der Kraftfahrer mit der Aktentasche. Na, morgen wie immer, Friedrich, sagte Herr Aurich zu dem Kraftfahrer, und der Kraftfahrer sagte, ist in Ordnung, Chef. Und Frau Aurich sagte, denkst du an die Wäsche, Friedrich, die muß morgen abgeholt werden, und der Kraftfahrer sagte, geht klar, Chefin. Frau Aurich schloß hinter ihrem Mann die Tür. Der Kraftfahrer hatte Feierabend und durfte mit dem Auto, das nun ihm gehörte, nach Hause fahren.

Herr Aurich fühlte sich nicht wohl. Ihm seien die Arme schwer und auch das Herz, sagte er, während er von der Hühnerbrühe schlürfte, die seine Frau ihm gekocht hatte.

Das ist das Wetter, sagte Frau Aurich, sie haben ein neues atlantisches Tief angesagt, das bekommt dir nie, du solltest früh schlafen gehen.

Herr Aurich widersprach nicht, schlürfte noch einmal von der Hühnerbrühe, ließ den Löffel mißmutig in den noch

halbvollen Teller fallen, so daß die Brühe über den Rand spritzte.
Frau Aurich dachte, daß sie gut daran getan hatte, die kochfeste Decke aufzulegen, verzichtete aber darauf, ihren Mann zurechtzuweisen. Er sah ihr auffällig farblos aus, und erst vor zwei Wochen hatte der Arzt mit ihr über die bedenklichen Herzrhythmusstörungen ihres Gatten gesprochen. Sie befreite sich von dem Anblick der häßlichen Fettflecken, indem sie wortlos eine Serviette darüber deckte. Willst du noch ein Bier, Erich?, fragte sie. Aber Herr Aurich mochte kein Bier, und auch die Zigarette drückte er aus, ehe er sie bis zur Hälfte geraucht hatte. Geh schlafen, Erich, sagte Frau Aurich, auch angetan von dem Gedanken, unter diesen Umständen doch noch den Film mit Heinz Rühmann sehen zu können statt des langweiligen Fußballspiels.
Nachts erwachte Herr Aurich von einem brennenden Schmerz auf den Bronchien und würgender Übelkeit. Er richtete sich auf, fiel sofort wieder auf den Rücken, bleischwer war sein Körper, insbesondere die Arme, dazu die Übelkeit. Hilde, stöhnte Herr Aurich. Frau Aurich hatte einen leichten Schlaf und erwachte schnell. Erich, was ist?
Hilde, stöhnte Herr Aurich noch einmal. Der brennende Druck auf seiner Brust preßte ihm die Augen aus den Höhlen und ließ ihm keine Luft zum Atmen. Herr Aurich fühlte den Tod.
Frau Aurich hatte sofort den kleinen roten Plasteeimer neben Herrn Aurichs Bett gestellt, aber Herr Aurich, selbst in Todesangst schamhaft, bestand darauf, ins Bad geführt zu werden, denn neben dem Brechreiz fühlte er inzwischen einen zwanghaften Drang, seinen Darm zu entleeren. Auch der Wunsch, seinem entsetzlichen Zustand davonzulaufen,

trieb ihn aus dem Bett. Frau Aurich stützte ihren schweren Mann, so gut ihre Kräfte es zuließen, setzte ihn behutsam auf die Toilettenbrille, holte schnell den kleinen roten Plasteeimer aus dem Schlafzimmer, stellte ihn Herrn Aurich zwischen die zitternden Beine und lief zum Telefon.
Der Rettungswagen kam nach zehn Minuten, nach weiteren zehn Minuten steckte in Herrn Aurichs Arm eine dicke Kanüle, durch die lebenserhaltende Flüssigkeit aus einem Tropf in Herrn Aurichs Adern floß.
Nachdem für Herrn Aurich sechs Tage lang alles getan worden war, was die medizinische Wissenschaft gegen den Einbruch eines Herzinfarkts in den menschlichen Organismus derzeit tun kann, war Herr Aurich wieder transportfähig und wurde in einer mehrstündigen Autofahrt nach Berlin überführt, wo er in dem einzigen Krankenhaus für verdiente Personen aufgenommen wurde.

II

Erst als Herr Aurich zu glauben begann, daß er überlebt hatte, wagte er darüber nachzudenken, wie nah der Tod ihm gekommen war. Er lag in dem kühlen weißen Bett seines Einzelzimmers und grübelte, warum das Schicksal gerade an diesem Tag, und nicht an einem beliebigen anderen, über ihn gekommen war. Stück für Stück setzte er den Tag aus der Erinnerung zusammen, ohne eine aufregende Besonderheit an ihm zu entdecken. Er war um acht ins Büro gefahren wie immer, hatte die Frühbesprechung geleitet, war am Nachmittag in das wichtigste Werk des Bezirks gefahren, um dort vor den Gewerkschaftsfunktionären zu sprechen.

Während der Rede überkam ihn ein leichtes Schwindelgefühl, das aber schnell wieder verging, und von ihm nicht sonderlich beachtet wurde. Auf der Heimfahrt fühlte er sich erschöpft und müde, aber das kam in der letzten Zeit öfter vor und war, dachte Herr Aurich, kein Wunder, wenn man an seine große Verantwortung dachte und an sein fortgeschrittenes Alter. Vor zwei Monaten war er siebenundfünfzig geworden, und Herr Aurich hatte daran gedacht, daß die Sechzig tiefer in sein Lebensgefühl einschneiden würden als die Fünfzig. Und er hatte darüber nachgedacht, wie wohl die anderen den körperlichen Verfall bewältigten, die mit der noch größeren Verantwortung, die zudem zehn oder zwanzig Jahre älter waren als er. Herr Aurich hatte es sich nicht erklären können. Aber vielleicht stimmt es, dachte er jetzt als Insasse des Krankenhauses für verdiente Personen, vielleicht war etwas dran an dem Gemunkel, daß da nämlich nachgeholfen wurde mit Hormonpräparaten oder sonst irgendeiner Art von Frischzellentherapie. Leichte Kränkung empfand Herr Aurich bei dem Gedanken an eine derart ungleiche Behandlung von höchsten und hohen Verantwortlichen, dann aber bedachte er die Devisenlage und die leider noch systemimmanente Ungerechtigkeit der Übergangsphase. Ganz sicher waren die Gerüchte auch haltlos. Aber wer weiß, dachte Herr Aurich, vielleicht war er auch hier, um auf diese Weise behandelt zu werden. Warum sonst hätte man ihn nach Berlin bringen sollen. Herzinfarkte konnten heute überall behandelt werden, und ein Einzelzimmer mit Telefon und Fernsehapparat stand ihm auch in dem Krankenhaus seines Bezirks zur Verfügung. Bestimmt war es so: Man hatte Besonderes mit ihm vor. Der zwangsläufig folgende Gedanke ließ eine heiße Welle aus Herrn Aurichs Bauch in Herrn Aurichs Kopf steigen – ein Gefühl, das Herr

Aurich aus seiner Jünglingszeit kannte, seitdem aber fast vergessen hatte. Er kniete sich auf, so daß er vom Bett aus in den Spiegel über dem Waschbecken sehen konnte und fand darin bestätigt, was er geahnt hatte: Er war errötet. Herr Aurich nahm sich vor, den Gedanken, der das Erröten hervorgerufen hatte, noch einmal zu denken, diesmal kühler und sachlich, wie es Herrn Aurich und dem Gedanken geziemte. Wenn also, dachte Herr Aurich, seine Gesundheit so wichtig war wie die der höchsten Verantwortlichen, war die Vermutung nicht abwegig, daß man vorhatte, auch ihn, Herrn Aurich, in höchste Verantwortung zu berufen. Trotz strenger Maßhaltung der Gefühle überflutete Herrn Aurich zum zweitenmal die heiße Welle, und als die Schwester kam, um die Medikamente zu bringen und Herrn Aurichs Puls zu fühlen, zog sie, Besorgnis demonstrierend, die Augenbrauen zusammen. Aber, aber, Genosse Aurich, Sie wollen uns doch keinen Kummer machen, sagte sie, und Herr Aurich versprach ihr, dergleichen nicht zu wollen.

In den folgenden Wochen mühte sich Herr Aurich voll Eifer um seine Genesung. Er schonte sich nicht bei der Gymnastik, vermied aufregende Gedanken, nahm sich sogar vor, den Rat des Arztes zu beherzigen und auch nach seiner Entlassung aus dem Krankenhaus nicht mehr zu rauchen. Über jedes Medikament, das ihm in fester oder flüssiger Form verabreicht wurde, zog Herr Aurich umfassende Informationen ein: Indikation, durchschnittliche Dosierung, Herstellungsland. Das Herstellungsland schien Herrn Aurich besonders aufschlußreich zu sein, und daß drei der ihm verordneten Präparate aus dem nichtsozialistischen Wirtschaftsgebiet stammten, demzufolge in harter Währung bezahlt worden waren, nahm Herr Aurich als ein gutes Zeichen. Für die Spezialbehandlung war er vermutlich noch zu schwach, dachte Herr Aurich. Er wollte nicht ungeduldig werden. Hin und wieder gönnte er sich Zukunftsvisionen. Still lächelnd in der Einsamkeit seines Einzelzimmers träumte Herr Aurich von Schlagzeilen auf ersten Zeitungsseiten: Regierungsdelegation unter Leitung von Erich Aurich nach Mali abgeflogen. Oder: Erich Aurich sprach zu Vertrauensleuten des ... Es folgte die Bezeichnung eines bedeutenden hauptstädtischen Betriebes. Nur selten gestattete sich Herr Aurich dergleichen Ausschweifungen des Geistes und der Seele, denn tiefinne wohnten ihm die mütterlichen Ermahnungen zur Bescheidenheit, wie Hochmut kommt vor dem Fall und wer sich selbst erhöht, wird erniedrigt werden. Zweifel an seinem bevorstehenden Aufstieg kamen ihm immer seltener. Nach und nach hatte er Bemerkungen und wenig beachtete Hinweise erinnert, die bei den Treffen mit einem der Höchsten gefallen waren, und die nun dem durch die Krankheit sensibilisierten Gemüt des Herrn Aurich ihre bislang unerkannte Bedeutung offenbarten. Zum Beispiel hatte sich L. nach der letzten Begegnung mit den Worten von ihm verabschiedet: Wir sehen uns ja bald in Berlin, Genosse Aurich. Damals hatte ihn dieser Satz gekränkt, denn zu der Tagung der Spitzenfunktionäre der Bezirke war er nicht eingeladen, und somit ließ die Bemerkung des L. auf Bosheit schließen, zumindest aber auf Leichtfertigkeit im Umgang mit den ihm anvertrauten Kadern; oder aber, und das gab Herrn Aurich zu denken, auf eine innerbezirkliche Intrige gegen ihn, in deren Folge er zu dem Spitzentreffen nicht zugelassen worden war. Davon allerdings hätte L. nichts wissen können. Inzwischen stand es für Herrn Aurich fest, daß L. diesen Satz in einer anderen, tieferen Bedeutung ausgesprochen hatte. Wir sehen uns ja bald in Berlin, Genosse Aurich, dazu der Blick von L., der warme feste Blick beim Händedruck. Zwar war L. für seine warmen festen Blicke bekannt, trotzdem war dieser Blick für ihn ein besonderer gewesen, dachte Herr Aurich.

Herrn Aurichs Körper fügte sich schon nach wenigen Wochen der asketischen Lebensweise, zu der Diät, Gymnastik, der Entzug vom Bier, nicht zuletzt auch seine heimlichen Ziele ihn anhielten. Herr Aurich warf acht Kilogramm Fett ab, wodurch die Haut zunächst in unzählige schlaffe Falten fiel, die Herr Aurich mit Bürstenmassagen und Wechselbädern bekämpfte. Sein Gesicht bekam fast hagere Konturen, und wenn Herr Aurich vor dem Spiegel sein leicht fliehendes Kinn korrigierte, indem er die untere Zahnreihe vor die obere schob, dazu ein entschlossenes Leuchten in die Augen sog, wußte Herr Aurich nicht mehr, was ihn von einem beliebigen Charakterkopf der Weltgeschichte unterscheiden könnte. Herr Aurich dankte dem unbekannten Umstand, der die Krankheit auf ihn gelenkt hatte, denn wie lange noch, dachte Herr Aurich, hätte er, blind für seine Bestimmung, an ihr vorbeigelebt, statt sich zielstrebig ihrer Verwirklichung zu widmen, um vorbereitet zu sein am Tag X, ja, Tag X, dachte Herr Aurich und fühlte sich zum erstenmal als der Feldherr seines eigenen Lebens.

Den Ärzten und Schwestern galt Herr Aurich als ein seltenes Beispiel disziplinierter und erfolgreicher Genesung. Sie lobten ihn täglich mütterlich und väterlich, was Herrn Aurich mit Stolz und Selbstbewußtsein erfüllte, obwohl er sich auferlegt hatte, die Anerkennung ihm untergeordneter Personen – zu diesen zählte er jedes medizinische Personal – mit angemessener Kühle zu empfangen. Nach sechswöchigem Aufenthalt im Krankenhaus für verdiente Personen wurde Herr Aurich zu einem Gespräch mit dem zuständigen Chefarzt geladen. Ein heftiges Zittern befiel die Beine

von Herrn Aurich, über denen zum Glück die Daunendecke lag, und die somit der Überbringerin der Botschaft verborgen waren. Danke, sagte Herr Aurich und blieb steif unter der Decke liegen, bis die Schwester das Zimmer verlassen hatte. Sollte er sich ankleiden oder genügte es, wenn er den Bademantel überzog? Herr Aurich entschied sich für vollständige Kleidung. Jetzt würde man es ihm also sagen, wurde auch Zeit, dachte Herr Aurich, weniger als zwei Wochen konnte die Behandlung nicht dauern, nun gut, die Zeit mußte er auf sich nehmen. Wie der Arzt es ihm wohl sagen würde, das Thema verlangt schließlich Diskretion, aber der Mann war nicht dumm, auch in verständigem Alter ... Herr Aurich stieg in das falsche Hosenbein, sah sich um, ob jemand es gesehen hatte, begriff im gleichen Moment, daß niemand es gesehen haben konnte, überprüfte reflexartig, wem dieser lächerliche Irrtum wiederum zur Kenntnis gelangt sein könnte, warf die Hose ärgerlich auf das Bett, zog den Bademantel über, zog den Bademantel wieder aus, griff noch einmal nach der Hose, benutzte diesmal das rechte Bein als Standbein und verfehlte, infolge gezielter Konzentration, das richtige Hosenbein nicht.
Der Chefarzt erhob sich von seinem Stuhl hinter dem Schreibtisch, ging schnell mit ausgestreckter Hand auf Herrn Aurich zu, hielt ihn während der Begrüßung an dem Fleck fest, auf dem Herr Aurich stand, so daß der Chefarzt mit der linken Hand die Tür hinter Herrn Aurich schließen konnte. Dann führte er Herrn Aurich, noch immer mit festem Griff um die rechte Hand, zu dem zweiten Stuhl am Schreibtisch, der dem Chefarztstuhl gegenüberstand, sagte: lieber Genosse Aurich, drückte Herrn Aurich auf den Stuhl, setzte sich selbst und begann, in der bereitliegenden Akte zu blättern. Sah lächelnd auf, sagte: Nun wären wir also

soweit. Ja, sagte Herr Aurich und lächelte auch. Es sei nun die Frage, sagte der Chefarzt, ob der Genosse Aurich sich schon kräftig genug fühle. Er fühle sich ausgezeichnet, sagte Herr Aurich schnell. Das freue ihn außerordentlich, sagte der Chefarzt, trotzdem sähe er ein Problem, denn schließlich gäbe es ein Interesse, des Genossen Aurichs Gesundheit so sicher wie möglich zu bewahren, um seine Kraft und Fähigkeit der Gesellschaft noch lange zu erhalten. Der Chefarzt machte eine Pause, legte zwei Blätter der Akte um, ohne einen Blick darauf zu werfen. Nicht ungeschickt, dachte Herr Aurich, sehr taktvoll und diskret. Herr Aurich nickte dem Chefarzt ermunternd zu, sagte: Ich verstehe, wobei er die Lider schloß und verstehend lächelte. Es sei kein leichter Infarkt gewesen, sagte der Chefarzt, im Gegenteil, es sei sogar ein schwerer Infarkt gewesen, und es bedürfe auch in Zukunft gewisser Maßnahmen, um einen Wiederholungsfall zu vermeiden. Herrn Aurichs Herz schlug schneller, gleich würde er es sagen. Er hatte also richtig vorausgesehen. Plötzlich, nachträglich erst, wunderte sich Herr Aurich über seine ungebrochene Zuversicht während der letzten sechs Wochen. Und wann wollen wir beginnen?, fragte er den Chefarzt. Der Chefarzt verstand nicht. Ich meine, sagte Herr Aurich, nur leicht verunsichert, wann wollen wir mit der Spezialbehandlung beginnen? Der Chefarzt kratzte sich mit dem linken Ringfinger an der Stirn, sah einige Sekunden ratlos in die Akte, fand sein Lächeln wieder. Die Behandlung, Genosse Aurich, sagte er forsch, ist abgeschlossen. Sie sind auf die richtige Dosierung der Medikamente eingestellt, in zwei Tagen können wir Sie entlassen.

Herr Aurich fühlte den schrecklich bekannten Druck auf den Bronchien. Nichts anmerken lassen, dachte er, die

Frage, die peinliche Frage. Ob ihm nicht wohl sei, fragte der Chefarzt. Ihm sei wohl, sagte Herr Aurich tonlos. Übermorgen könne er entlassen werden, fuhr der Chefarzt fort, nur sei man nach gründlicher Beratung zu der Auffassung gelangt, dem Höchsten Rat im Falle des Genossen Aurich zu empfehlen, ihm eine andere, weniger belastende Funktion zu übertragen, um seine angegriffene Gesundheit zu schonen.

In Herrn Aurich tobte ein Schrei, stürmte gegen die Innenwände seines abgemagerten Körpers, schlang sich um sein krankes Herz und würgte es, preßte sich in seinen trockenen Hals, so daß Herr Aurich zu ersticken glaubte. Herr Aurich blieb stumm, der Schrei blieb gefangen. Ich zerspringe, dachte Herr Aurich und fiel in eine abgründige Ohnmacht.

III

Fünf Tage lang lag er unter einem Sauerstoffzelt. Dann, als sein Organismus aus eigener Kraft überleben konnte, trug man ihn zurück in sein Einzelzimmer, wo er stumm und schlaflos die Tage zubrachte. Nur der Chefarzt ahnte, was Herrn Aurichs jähen Sturz in Todesnähe verursacht haben konnte, sprach aber nicht über seine Ahnung aus Furcht, er könnte verdächtigt werden, diese Hoffnung in Herrn Aurich selbst geweckt zu haben.

Herr Aurich schrumpfte. Um Hals und Bauch hingen ihm fleischlose Hautlappen, durch die transparenten Schläfen schimmerte blaue Verwundbarkeit. Einzig die Augen, deren Glanz auf Herrn Aurichs Gemütsregungen schließen ließ, wirkten lebendig; und zuweilen schob Herr Aurich in spastischer Verrenkung des Kiefers die untere Zahnreihe vor die obere. In vier Wochen sprach er kein Wort, selbst zu seiner Frau nicht, die ihn an jedem Wochenende besuchte. In der fünften Woche sagte er ihr, sie solle nicht mehr zu ihm kommen, da sie es ohnehin nur ungern tue, worauf Frau Aurich in Tränen ausbrach. Als sie am darauffolgenden Wochenende dennoch anreiste, teilte Herr Aurich ihr mit, er sei sicher, man würde sein Essen mit einem schleichenden Gift zubereiten. Frau Aurich blieb auch am Montag in Berlin und bat den Chefarzt um ein vertrauliches Gespräch. Gemeinsam gelangten der Chefarzt und Frau Aurich zu der Ansicht, Herr Aurich litte unter einer zeitweiligen, durch seine schwere Krankheit bedingten, geistigen Verwirrung. Trotzdem wollte man vorerst auf die Konsultation des zuständigen Facharztes verzichten, um eine unnötige Publizität des traurigen Umstandes zu vermeiden.

In den Wochen der Sprachlosigkeit verlor Herr Aurich das Bild von der Welt, wie es bislang für ihn gegolten hatte. Erhalten blieb nur das grobe Schema eines blutigen Schachspiels, auf dem sich die großen historischen Kämpfe der Menschheit vollzogen. Aber die kleinere Herrn Aurich zugeteilte Welt, die ihm immer pyramidenförmig erschienen war, und in der er gleich unter der schmalen Spitze seinen festen Platz gefunden hatte, geriet ihm in ein formloses Chaos ohne Markierung für oben und unten, hoch und niedrig, breit und schmal. Keine der bisher verbindlichen Zuständigkeiten blieb bestehen, nicht einmal die zu Friedrich, Herrn Aurichs Kraftfahrer, der entgegen der gängigen Bezeichnung kein personengebundener Kraftfahrer war, sondern ein funktionsgebundener, wie Herr Aurich bei dem Versuch, seine Zukunft zu ordnen, erkennen mußte. Der Gedanke, einer seiner Untergebenen könnte ihm fortan

weisungsberechtigt sein, erzeugte in ihm ein Gefühl kränkender Wehrlosigkeit, das Herr Aurich nach langem Grübeln über seinen Zustand als ein Gefühl der Ohnmacht bezeichnete, Ohnmacht im wahren Sinne des Wortes. Ohne Macht. Machtlos. Tiefer noch als der Verlust seiner Funktion kränkte Herrn Aurich der unverhohlene Verrat. Es gab weiß Gott Kränkere als ihn, viel Kränkere, die gestützt werden mußten, wenn sie ans Rednerpult traten, und deren Gesundheit trotzdem nicht der Schonung bedurfte, die man ihm zugedacht hatte. Und als wüßte er nicht, wie solche Dinge vonstatten gehen. Dabei war die Sache mit seinem Stellvertreter noch keine zwei Jahre her. Ein paar lumpige Magengeschwüre, ein Gespräch mit dem Arzt unter vier Augen, so einfach ging das. Aber er hatte es geahnt, dachte Herr Aurich, schon damals, als sie ihn von dem Spitzentreffen ausgeschlossen haben, hat er geahnt, daß sie etwas vorhaben gegen ihn. Und L., der Intrigant mit dem schwulen Blick und dem Chlorodontlächeln hat es gewußt.
Mit der allmählichen Neuordnung seiner Welt, als deren erstes Ordnungsprinzip er die Ohnmacht eingeführt hatte, fand Herr Aurich in die Sprache zurück. Frau Aurich erschrak anfangs über die Grobheit der Ausdrücke, die ihrem Mann plötzlich zur Verfügung standen, obwohl er ein Leben lang auf gute Sprache gehalten hatte. Dann aber nahm sie die Veränderung seiner Ausdrucksweise als Teil der zeitweiligen geistigen Verwirrung, die sie sich, da Herr Aurich sie in seine heimlichen Pläne nie eingeweiht hatte, nicht erklären konnte, sie aber mit Geduld ertrug. Acht Wochen nach seinem zweiten Zusammenbruch wurde Herr Aurich endgültig aus dem Krankenhaus für verdiente Personen entlassen. Die mißliche Aufgabe, ihn über seine Invalidisierung zu informieren, hatte der Chefarzt dem Oberarzt

übertragen mit der Begründung, Herr Aurich litte vermutlich unter einer krankhaften Antipathie gegen ihn, den Chefarzt.
Herr Aurich indes nahm diesen neuerlichen Schlag mit einer verbissenen Genugtuung hin. Die Pyramide hatte sich umgekehrt, er saß nun in ihrem untersten Winkel und trug die ganze Last ihrer Breite. Herr Aurich dachte an seine tote Mutter und an ihre Mahnung: wer sich selbst erhöht, wird erniedrigt werden. Vielleicht geschieht es mir ganz recht, dachte er, obwohl es auch dann eine saumäßige Ungerechtigkeit blieb, daß er allein erniedrigt wurde.
Zur Rückführung in seine Heimatstadt schickte die Behörde, der Herr Aurich angehört hatte, den Kraftfahrer Friedrich mit dem grauen Wolga nach Berlin. Tag Chef, sagte Friedrich. Und Herr Aurich sagte, den Chef kannst du dir sparen. Und Friedrich sagte, nana Chef, nur nicht den Mut verlieren, und Herr Aurich dachte, der weiß es schon.

IV

Nach vierzehn Tagen häuslicher Ruhe erwachte Aurich zum erstenmal um halb elf am Vormittag. Die Tage, an denen er während der letzten vierzig Jahre nach acht aufgestanden war, waren zu zählen. Selbst im Urlaub hatte er Wert darauf gelegt, keine schlampigen Sitten einreißen zu lassen, zumal er nach allzulangem Schlaf häufig schon mit Kopfschmerz erwachte, was ihm als ein Beweis für die Nutzlosigkeit, ja sogar für die Schädlichkeit des Tagschlafes erschien. So mißtraute Aurich an diesem Tag auch am wenigsten sich selbst, sondern er schimpfte auf seine neue und kaum getragene Automaticuhr. Auf dem Weg ins Bad begegnete er seiner Frau, die ihn sorgenvoll fragte, ob ihm etwas fehle. Warum soll mir was fehlen, fragte Aurich, und Frau Aurich sagte: Aber es ist fast elf Uhr, Erich. Na und, sagte Aurich, obgleich er wußte, daß seine Frau zu Recht verwundert, wenn nicht gar beunruhigt sein konnte. Aber schließlich war er jetzt Rentner, dachte Aurich, Rentner, wie jeder andere alte kranke Mann, jawohl, das war er jetzt, altes Eisen, der Mohr, der seine Schuldigkeit getan hatte, und als solcher konnte er so lange schlafen wie er wollte. Was sollte er auch mit den langen Tagen anfangen. Hilde versuchte ihn fast täglich zu Spaziergängen zu überreden, das wird ihr der Arzt beigebracht haben. Aber was verstand Hilde, die zehn Jahre jünger war und ein gesundes Herz hatte, schon von seiner Müdigkeit in den Füßen und im Kopf. Bis abends um sieben waren es jetzt noch acht Stunden, drei Stunden weniger als sonst. Ab zwölf, wenn er mit dem Frühstück fertig sein würde, waren es sogar nur sieben Stunden.

Aurich aß nur ein weichgekochtes Ei und trank zwei Tassen Kaffee. So würde er um eins, wenn Hilde das Mittagessen auf den Tisch brachte, trotz des späten Frühstücks Hunger haben, und die Ordnung des restlichen Tages konnte erhalten bleiben.

Für die Stunde zwischen Frühstück und Mittagessen zog sich Aurich in sein Arbeitszimmer zurück. Er hätte noch zu tun, sagte er zu seiner Frau und wußte selbst nicht, was sie darunter verstehen sollte, jetzt noch. Aurich versuchte, die Zeitung zu lesen, aber das Interesse, das er während seiner Amtszeit dabei verspürt hatte, stellte sich nicht ein. Die Nuancen, die wortlosen Fingerzeige der Zeitung – wer stand neben dem Oberhaupt, wessen Diskussionsbeitrag wurde auf Seite eins gedruckt und wessen hingegen auf

Seite zwei oder sogar auf Seite drei, das Fettgedruckte und das Verschwiegene – interessierten Aurich nicht mehr, richtiger: Er wollte, daß es ihn nicht mehr interessierte. Und der Rest langweilte ihn. Die Leute hatten recht, dachte Aurich, die Zeitung ist schlecht. Er verfolgte das Zittern eines Sonnenflecks auf dem dunkelfarbigen Perserteppich, dachte darüber nach, warum ein Sonnenfleck zittern konnte, bis er erkannte, daß das Zittern von dem Schatten der Zweige herrührte, die in dem Sonnenfleck gefangen waren. Dann geschah etwas Merkwürdiges. Während Aurich auf den Teppich starrte, stakte steifbeinig ein Weberknecht in den Sonnenfleck. Aurichs Herz schlug schneller. Nicht wie sonst bei dem Anblick einer Spinne vor Ekel; es war ein anderes, ein unbekanntes Gefühl, das Aurich erregte. Er stand langsam auf, lief vorsichtig mit angehaltenem Atem einen Bogen um den Weberknecht, so daß er sich ihm von hinten nähern konnte. Als er dicht hinter der ahnungslosen Spinne stand, hob er die Fußspitze und schob sie über das Tier. Das Wort Guillotine fiel ihm ein. Er ließ die Fußspitze langsam sinken, nicht zu langsam, damit die Spinne ihm nicht in letzter Sekunde davonlief, aber auch nicht schnell, sonst könnte er das Geräusch nicht hören, dieses leise Knacken, wenn der Spinnenkörper unter dem Druck seines Fußes auseinanderbarst. Nach der Tötung setzte sich Aurich wieder in seinen Sessel, wartete, bis er ruhig atmete und rief seine Frau, die den eklen Leichnam vom Teppich kratzen sollte.

Nachdem Hilde den Weberknecht mit einem Stück Zeitungspapier zwischen den Fingerspitzen aus dem Zimmer getragen hatte, saß Aurich noch eine halbe Stunde in seinem Sessel, wohl und matt nach der Erregung, ohne das Bedürfnis nach einer Tätigkeit zu verspüren. Die verbleibende

halbe Stunde bis zum Mittagessen sah er aus dem Fenster. Er verdeckte das Fenster zur Hälfte durch den Vorhang, so daß er bei seinen Beobachtungen nicht beobachtet werden konnte. Aurich konnte aus dem Fenster seines Arbeitszimmers, das in der oberen Etage des Einfamilienhauses lag, drei Gärten einsehen: rechter Hand den Garten der Witwe Z., das hinten angrenzende Grundstück des Chirurgen S., und den zu Aurichs Grundstück diagonal gelegenen Garten von P., Mitarbeiter der Behörde, von der Aurich inzwischen mit Blumen und bemessenen Worten des Dankes verabschiedet worden war. Früher hatte P. ihn öfter auf ein Bier und einen Kognak besucht.
Es ärgerte Aurich, daß keines seiner Beobachtungsobjekte sich ihm von seiner wesentlichsten Seite, der Vorderfront darbot und daß sich das Haus der Witwe seinem Fensterblick ganz und gar entzog. Dabei war Aurich sicher, daß gerade das Treiben der Witwe für ihn von Interesse gewesen wäre. Er hätte, um genaueren Einblick zu gewinnen, ins benachbarte Schlafzimmer gehen müssen. Dort aber hätte ihn Hilde, die des öfteren am Tage das Schlafzimmer betrat, um Wäsche zu ordnen und die Betten zu richten, entdecken können, wie er mit dem Feldstecher hinter halbgeschlossenen Vorhängen das Haus der Witwe observierte. Was müßte Hilde in solcher Situation denken. Auch aus anderem Grund wäre Aurich eine Entdeckung durch Hilde peinlich gewesen. Er hatte sie früher oft zurechtgewiesen, wenn sie ihm beim Abendbrot die neuesten Affären der Witwe oder die Untaten der Chirurgensöhne berichten wollte. Hilde, hatte er gesagt, auf meiner Schulter ruhen einskommadrei Millionen Bürger. Wenn ich mich über jeden von ihnen so ereifern wollte wie du über diese vier . . .
Sätze solcher Art bedauerte Aurich inzwischen. Nicht, weil

er meinte, Hilde durch sie Unrecht getan zu haben, sondern weil er fürchtete, Hilde könnte sie in ihrer Einfalt gegen ihn verwenden, jetzt, da er, oberflächlich betrachtet, und eine andere Betrachtungsart stand Hilde nicht zur Verfügung, gleiches tat. Hilde würde nicht verstehen, warum er, wenn er die Witwe beobachtete, etwas anderes tat als Hilde, wenn sie die Witwe beobachtete. Während Hilde ihre private Neugier befriedigte, konnte er, Aurich, die Verantwortung, an der er all die Jahre so schwer getragen hatte, nicht abladen wie einen Sandsack. Die Verantwortung, dachte Aurich, wächst dem Menschen an wie ein Buckel. Obwohl das eben gefundene Bild ihn im Augenblick stark beeindruckte, kamen ihm doch Bedenken, ob der Vergleich wirklich gelungen war, denn so besehen wären alle Menschen, die die Verantwortung für ihre Mitbürger übernommen hatten, Krüppel, und das hatte Aurich nicht ausdrücken wollen. Dennoch fand er, war die Verantwortung eher ein Buckel als ein Sandsack. Jeder Vergleich hinkte. Ihm war die Verantwortung als etwas Schweres, zugleich Erhebendes in den Körper eingewachsen, ja, so war es, ein Teil seiner selbst war sie geworden, und keiner würde sie ihm wegnehmen können. Auch wenn sie ihm die Anerkennung nun versagten, würde er sie wahrnehmen, weil er sich von L. und seinen intriganten Adepten nicht einfach wegschubsen ließ von der Verantwortung. Das Fernglas in Aurichs Hand zitterte. Er legte es zurück in die verschließbare Schublade des Schreibtischs, zumal sich heute offenbar ohnehin nichts zu ereignen schien. Es war Mittwoch, und am Mittwoch blieb es bei der Witwe für gewöhnlich ruhig. Die Chirurgensöhne schienen nicht zu Hause zu sein, P.s Frau hatte er hinter ihrem Küchenfenster gesehen, aber sie verhielt sich unauffällig wie immer.

Er würde der Witwe noch auf die Schliche kommen. Insofern hatte Hilde recht: Es war eine Schande, wie sie sich aufführte seit ihr Mann gestorben war, der einer der verdientesten Männer des Bezirks gewesen war. Seine Asche war kaum erkaltet, als dieser Dienstagmann, wie Hilde ihn nannte, auftauchte. Und Gott weiß, wer noch. Man sollte ihr die Rente entziehen, die Z. ihr hinterlassen hatte, statt zuzusehen, wie sie davon ihr Lotterleben finanzierte. Wenn Aurich sich vorstellte, daß Hilde nach seinem Tode es der Z. gleichtun könnte, mit seiner Rente, die er für jahrzehntelange Ausübung der Verantwortung, nein, die sie für seine jahrzehntelange Ausübung der Verantwortung . . . Warum überhaupt, dachte Aurich, warum überhaupt sollte Hilde, wenn sie schon länger lebte als er, bestimmt lebte sie länger, eben weil sie nicht die Last der Verantwortung getragen hatte wie er, außerdem war sie zehn Jahre jünger, warum sollte Hilde auch noch tausend oder zweitausend Mark im Monat bekommen, nur weil sie sorglos unter ihm hatte leben dürfen. Vielleicht wartete sie schon auf seinen Tod, um das Leben der Z. endlich führen zu können.

Erich, essen, schrie Hilde aus der unteren Etage. Aurich haßte es, wenn sie so durch das Haus schrie. Konnte sie nicht die paar Stufen nach oben kommen und ihm leise sagen, daß er essen kommen könne.

Erich, essen, schrie Hilde noch einmal.

Ja doch, schrie Aurich zurück, wobei er beide Worte kurz und abgehackt hervorstieß, um seinen Unwillen kundzutun und Hilde endlich Schweigen zu gebieten.

Es gab Rouladen. Das Fleisch war zäh. Das Fleisch war oft zäh, seit er Rentner war.

Das Fleisch ist zäh, sagte Aurich.

Es ist schlecht mit Fleisch in der letzten Zeit, sagte Hilde. Sogar Rouladen gibts nur unterm Ladentisch.
Aurich kaute schweigend auf dem Fleisch herum, das ihm inzwischen nach Papier schmeckte, erbittert über Hildes Rücksichtslosigkeit. Hilde hatte noch ihre eigenen Zähne und zerkaute mühelos, und wie es schien sogar mit Appetit, die langfasrigen dunkelbraunen Fleischstücke. Sie läßt das Fleisch absichtlich zäh, dachte Aurich. Schmeckts Erich, fragte Hilde. Als würde dich das interessieren, du freust dich doch, daß du meine auch noch essen kannst, sagte Aurich, schob die Roulade beiseite und quetschte sich einige Kartoffeln mit Soße und Rotkohl zu Brei. Nach dem Essen legte er sich hin, konnte aber vor Ärger über die Witwe und die Rouladen nicht einschlafen.
Dabei war der Verdacht gegen seine Frau Hilde ungerecht, denn Hilde war eine zu ehrgeizige Köchin, als daß sie sich um den Ruhm einer denkwürdigen Mahlzeit freiwillig gebracht hätte. Daß sie dennoch nicht widersprochen hatte, lag an ihrem schlechten Gewissen, das sie ihm gegenüber seit einigen Tagen bei entsprechenden Anlässen empfand. Und der Verdacht wegen der Rouladen war ein entsprechender Anlaß. Seit Erich Tag für Tag zu Hause war, hatte Hildes Leben sich verändert. Auch wenn sie Erichs immer noch bedenklichen Gemütszustand als vorübergehend ansah – eine leichte Besserung hatte sie schon beobachtet –, auch dann sah sie sich für die nächsten Jahre um fast alle Freuden ihres Alltags gebracht. Aurich haßte es, wenn Irma, ihre beste Freundin, sie besuchte. Dabei waren die Nachmittage mit Irma immer die nettesten gewesen. Andererseits mochte Erich es auch nicht, wenn sie mehrere Stunden außer Haus war, obwohl er fast alle Stunden des Tages allein verbrachte. Selbst auf seinen nachmittäglichen Spaziergängen durfte sie

ihn nicht begleiten, was ihr allerdings nicht unangenehm war, weil Erich ihr ohnehin zu langsam lief und weil diese Zeit die einzige war, in der sie mit Irma wenigstens ungestört telefonieren konnte. Vor drei Tagen, während sie in der Küche saß und grüne Bohnen schnitt, hatte Hilde gedacht, daß sie vielleicht besser lebte ohne Erich, und daß es bei Erichs Zustand vielleicht besser für alle wäre, wenn er bald . . . An dieser Stelle unterbrach Hilde ihren Gedanken. Um Himmels willen, so etwas durfte sie nicht einmal denken, selbst wenn sie recht hätte nicht. Ohne Hildes Erlaubnis streifte einer ihrer Gedanken schnell noch die Witwe Z., ehe er in Hildes schlechtes Gewissen eingewickelt wurde wie stinkender Fisch in Zeitungspapier. Und dort lag er noch immer mit allen anderen Gedanken, die Hilde beim Bohnenschneiden gedacht hatte. Als Erich sie wegen der Rouladen verdächtigt hatte, war es Hilde vorgekommen, als ahnte er etwas von ihren heimlichen und unabsichtlichen Überlegungen, und ihr schlechtes Gewissen hatte sie gehindert, sich angemessen zu empören.

Am Nachmittag regnete es, und Aurich mußte auf seinen Spaziergang verzichten. Er beschloß, statt dessen auf der überdachten Terrasse zu lesen. Er griff sich aus dem Bücherregal eines seiner Lieblingsbücher, die Biographie Iwan des Schrecklichen. Aurich liebte Biographien historischer Persönlichkeiten, insbesondere wenn er sie aufgrund historischer Erfahrung und seines wissenschaftlichen Weltbildes als Unterlegene ansehen konnte. Je stärker und despotischer eine solche Persönlichkeit sich Aurich präsentierte, um so erhebender Aurichs Gefühl der eigenen Kraft und seines persönlichen Sieges. Für solcherart literarischen Genuß eigneten sich die Biographien russischer Zaren besser als die deutscher Despoten, was Aurich sich durch den Umstand erklärte, daß die Deutschen ihre Herrscher niemals wirklich und aus eigener Kraft besiegt hatten, wodurch auch er selbst an einem Gefühl nationaler und persönlicher Schwäche krankte, bis er lernte, an den Siegen anderer Völker zu partizipieren, ohne daß ihm der ganze Hintergrund seiner literarischen Vorliebe ins Bewußtsein gedrungen wäre.

Aurich zog sich gegen die Feuchtigkeit die Strickjacke an, die Hilde ihm zu Weihnachten geschenkt hatte, und setzte seinen Strohhut auf. Er betrachtete sich mit dem Strohhut einige Sekunden im Spiegel, nicht ohne das schmerzende Empfinden seiner Ohnmacht. Den Hut hatte er sich eigens gekauft, um während der Maidemonstrationen, die er gemeinsam mit den anderen führenden Funktionären von der Tribüne herab abgenommen hatte, vor der stundenlangen Sonneneinstrahlung geschützt zu sein. Er hatte ihn im April gekauft, der Hut war nicht billig gewesen. Seiner eigentlichen Bestimmung hatte er nie gedient. Jetzt war er Aurichs Gartenhut. Aurich schlang sich eine Wolldecke um die Beine und setzte sich in den rotweißgestreiften Gartenstuhl, den niemand benutzen durfte außer Aurich. Ein nicht genau lokalisierbares körperliches Mißbehagen hinderte ihn, das Buch aufzuschlagen und mit der Lektüre zu beginnen. Ein leichter Krampf in der Kiefermuskulatur, ein Reiz in den Ohren, verursacht durch das Gedröhn des Regens, der rheumatische Schmerz in den Kniegelenken, der ihn seit Jahren bei Regenwetter heimsuchte. Aurich wußte nicht genau, was ihn störte, aber er war gestört. Das Buch blieb geschlossen in seiner Hand, und Aurichs Augen suchten unruhig durch den Garten nach einem Objekt, das sie fesseln könnte, fanden nur das gewohnte Bild eines geschorenen Rasens, umsäumt von Hildes Blumen. Früher, dachte Aurich, hatte er diesen Anblick genießen können. Jetzt stieg

Gram, fast Wut in ihm auf, wenn er die unveränderte Symmetrie betrachtete, in der die Blumen und Gewächse standen, als sei nichts geschehen seit dem vorigen Sommer. Blühten hochmütig vor sich hin, unberührt von Aurichs Vergänglichkeit, die im Augenblick heftig an seinen Kniegelenken nagte. Wofür ein vorübergehender Fremder, der nichts wußte von Aurichs Leben und seiner Bedeutung, ihn wohl halten müßte, dachte Aurich. Ein alter Mann, in eine Wolldecke gehüllt, mit einem Strohhut auf dem Kopf, zwischen Blumen und Sträuchern. Nichts würde der Mensch ahnen können von dem wirklichen Erich Aurich, der er gewesen war. Vermutlich wäre der gleiche Mensch einige Monate zuvor und vorausgesetzt, er hätte dienstlich mit Aurich zu tun bekommen, sehr aufgeregt gewesen, hätte Tage vorher schon die Worte zurechtgelegt, die er Aurich hätte sagen wollen, hätte während des Gesprächs jedes Wort von Aurich abgetastet, ob es einen kleinen Scherz enthielte, über den der Mensch gleich und herzlich zu lachen bereit gewesen wäre. Jetzt würde dieser Mensch an Aurich vorübergehen, gleichgültig oder mitleidig einen Blick auf Aurich werfend, der nichts für ihn war als einer der zu vielen Rentner, die Aurich als Finanzproblem jahrzehntelang das Leben erschwert hatten, einer jener, die die miserable Altersstatistik des Landes verschuldeten. Unwillkürlich schob Aurich die untere Zahnreihe über die obere, wodurch sich der Krampf in der Muskulatur des Kiefers auf den Hals ausdehnte. Während Aurich sich so in den Augen des unwissenden Menschen widergespiegelt sah, wurde sein äußerster linker Blickwinkel von einem schwarzen Schatten gestreift. Er wandte den Kopf und sah eine triefend nasse Katze, die vor dem Regen unter Aurichs Terrassendach flüchtete. Wieder, wie schon vor einigen Stunden beim Anblick des Weberknechts im Sonnenfleck, überkam Aurich die nun schon bekannte Erregung und begann sein Herz in unmäßigem Tempo zu schlagen. Aurich konnte sich von der Wolldecke nicht so schnell befreien, wie er es wünschte, auch der Schmerz im Kniegelenk zwang ihn aufzustehen statt aufzuspringen, wodurch Aurichs Zustand sich in die Nähe eines Kollapses steigerte. Endlich auf seinen Beinen stehend, war er unfähig, sich von der Stelle zu rühren und seine verbissenen Kiefer voneinander zu trennen, so daß er nur heftig mit den Füßen stampfen und dabei gurgelnde und zischende Laute von sich geben konnte. Die Katze war erschrocken und sprang zurück in den Regen. Wie nach der Tötung der Spinne verfiel Aurich auch jetzt in eine erlösende Mattigkeit, in der er ruhte, bis Hilde ihn zum Abendessen rief. Seit diesem Tag stand Aurich nicht mehr vor elf Uhr auf, die übrige Ordnung des Tages behielt er bei.

V

In den folgenden Wochen versuchte Aurich noch einmal sein Leben neu zu ordnen. Das Ohnmachtsprinzip, zu dem er sich in den stummen Tagen seiner Krankheit bekannt hatte, schien ihm, je länger er nach ihm zu leben versuchte, untauglich und seiner unwürdig. Der Gedanke, in den untersten Winkel der Pyramide zu gehören, quälte Aurich und drängte ihn, sein Wertgefüge zu korrigieren. In der neuen Ordnung war Aurich oben, oder anders: oben war da, wo Aurich war. Denn seine Bedeutung hatte er nicht durch sein Amt gewonnen, sondern das Amt aufgrund seiner Bedeutung, überlegte Aurich. Somit stand seine

Bedeutung weiterhin fest, mit oder ohne Amt. Wenn also oben war, wo Aurich war, wo war dann unten? Bis zum Einbruch der Krankheit hatte Aurich für unten gehalten, wo er sich jetzt befand, im Kreis der Namenlosen, Stimmlosen, denen niemand untergeben war außer der eigenen Ehefrau. Das konnte nun nicht mehr unten sein, und die Aufgabe, eine neue Ordnung zu errichten, schien fast unlösbar. Denn der ehemals untere Ordnungsbereich konnte nicht einfach als Spitze deklariert werden und die Spitze als unten, so simpel ließ sich Aurichs Selbstgefühl nicht wiederherstellen. Was er suchte, konnte nur in seiner Person zu finden sein, ein geheimes Wissen um den Anspruch, ein Oberer zu sein. Woher sonst hätten die Ersten, damals vor fünfzig Jahren oder früher, ihren Anspruch ableiten sollen, wenn nicht aus sich selbst. Abgesehen von dem Klassenanspruch, den hatten alle. Aber immer hatte es auch Leiter und Führer gegeben. Was hatte sie dazu gemacht. Ein Schlosser oder Maurer fühlte den Anspruch ein Oberer zu sein, damit muß es angefangen haben, dachte Aurich. Zuerst wurde er ein Oberer unter seinesgleichen, ein Gewerkschaftsführer oder ein Parteifunktionär, später dann weiter nach ganz oben. Aber ehe daran zu denken war, mußte der Maurer oder der Schlosser schon gewußt haben, daß er nach oben gehörte. Wie Aurich das von sich wußte.

Da Aurich seinen Versuch, eine gerechtere Hierarchie zu entwerfen, keiner unnötigen Störung aussetzte, vergaß er den Umstand, daß er selbst bis zu seinem fünfunddreißigsten Lebensjahr niemals den Anspruch erhoben hatte, ein Oberer zu sein. Nach dem Krieg hatte er, wie auch vor dem Krieg, als Elektriker im größten Betrieb der Stadt gearbeitet, war später auf eine Gewerkschaftsschule geschickt worden, danach trat er in die Partei ein. Als der Gewerkschaftsvorsitzende des Betriebes plötzlich starb, entsann man sich des gerade gewerkschaftsgeschulten Genossen Aurich. Seitdem war Aurich Nomenklaturkader, was eine Voraussetzung war für den Weg nach oben, auf dem Aurich seit der Mitte der fünfziger Jahre stetig vorangeschritten war.

Eines Nachts träumte Aurich, er säße in einem Saal, dessen hinteres Drittel durch ein Podest erhöht war. Auf dem Podest stand ein Schreibtisch, an dem Aurich saß. Der Saal, wußte Aurich im Traum, war sein Arbeitszimmer, der Schreibtisch gehörte ihm. Auf dem Schreibtisch stand ein Telefon mit fünf Knopfreihen. Das Telefon klingelte, und einer der Knöpfe leuchtete auf. Aurich nahm den Hörer ab und sagte: ja, bitte.

Eine männliche Stimme verlangte nach dem Genossen Koblenz.

Hier spricht Aurich, sagte Aurich.

Ich möchte den Genossen Koblenz sprechen, sagte die Stimme.

Hier gibt es keinen Koblenz, sagte Aurich.

Ist da der Saal, fragte die Stimme.

Hier ist der Saal, sagte Aurich.

Die Stimme: In dem Saal wohnt Koblenz.

Aurich: In dem Saal wohne ich.

Die Stimme: Und wo wurde Koblenz begraben.

Aurich: Das weiß ich nicht, ich glaube, hinter dem Steinberg. Wer ist denn da überhaupt.

Dann versuche ich es da, sagte die Stimme und der, dem sie gehörte, unterbrach das Gespräch.

Aurich erwachte. Er kannte keinen Koblenz, auch der Saal war ihm unbekannt. Aber die Straße, in der Aurich wohnte, hieß Am Steinberg. Aurich gab nicht viel auf Träume,

trotzdem lag er noch lange wach, beunruhigt durch die Klarheit des Traums, der bedrückend über Aurichs nächtlicher Einsamkeit hing und sich auch durch das Licht der Nachttischlampe nicht verjagen ließ.
Am nächsten Morgen, nachdem Hilde das Haus zum Einkauf verlassen hatte, nahm Aurich ein sauberes Taschentuch aus dem Schrank, spannte es über die Sprechmuschel des Telefons und wählte die Rufnummer seiner ehemaligen Behörde. Es meldete sich die Zentrale. Aurich wünschte höflich, den Genossen Aurich zu sprechen.
Hier gibt es keinen Genossen Aurich, sagte eine Frauenstimme, die Aurich nicht kannte.
Aber es gab doch einen Genossen Aurich, sagte Aurich.
Möglich, aber jetzt gibt es keinen mehr.
Wissen Sie, wo ich ihn finden kann. Aurich fürchtete sich vor der Antwort.
Keine Ahnung, versuchen Sie es doch mal auf dem Einwohnermeldeamt.
Dankeschön, sagte Aurich und legte auf.
So stand es also. Möglich, daß es ihn gegeben hat. Demzufolge ebensogut möglich, daß es ihn nicht gegeben hat. Und wo soll er gewesen sein in den dreißig Jahren, in denen er entschieden hat über Menschen und Ereignisse, in denen er sich geopfert hat für die anderen bis fast zum Tode. L. kannte ihn, hat ihn gekannt. Vielleicht sagte L. auch schon: möglich, daß es ihn gegeben hat. Aurich wurde übel. Er ging ins Bad, und versuchte zu erbrechen, was ihm nicht gelang, nur verstärkte das Würgen die Übelkeit. Im Spiegel sah er, wie über sein Gesicht schwarze, kreisförmige Schatten tanzten, wodurch sich sein Gesicht von einer Sekunde zur anderen veränderte wie in einem Zerrspiegel, der aus der kleinsten Bewegung eine neue Fratze zerrt. Die Schatten

wurden größer. Aurich wußte plötzlich nicht mehr, wie er aussah. Ihm war schwindlig. Ich heiße Aurich, sagte Aurich. Von seinem Gesicht sah er nur noch einen hellen hüpfenden Fleck. Ich heiße Aurich. Es gibt Aurich. Er tastete sich ans Telefon, wählte, wobei er die Ziffern an der Wählscheibe abzählte. Vor seinen Augen flackerte es schwarz. Aurich schrie in das Telefon: Hier ist Koblenz, suchen Sie Aurich. Das ist eine Weisung. Dann ließ er den Hörer auf die Gabel fallen.

VI

Als das Wetter besser wurde, ging Aurich wieder regelmäßig spazieren. In der ersten Zeit hatte er sich unsicher gefühlt auf den Straßen, weil er befürchtete, erkannt zu werden als der, den man von der Verantwortung weggestoßen hatte. Er hatte kaum aufgesehen, um nicht von hämischen oder mitleidigen Blicken getroffen zu werden; bis er bemerkte, daß niemand ihn ansah, weil überhaupt keiner den anderen ansah. Die meisten Leute hielten wie er den Blick gesenkt, hoben sie ihn, trafen ihre Augen die Vorübergehenden höchstens im Bauch oder in der Brust. Streiften sie versehentlich das Gesicht, dann nahmen sie nichts darin wahr. Niemand erkannte Aurich, und Aurich war froh darüber, obwohl er fand, daß es ihn auch hätte kränken können. Vor einigen Monaten hätten sie ihn noch erkannt, vielleicht aber nur, weil er dann Friedrich mit dem Auto dabeigehabt hätte, dachte Aurich. Aurich ging in das Café am Markt, um einen Mokka und einen Kognak zu trinken. Er suchte sich einen freien Tisch an der Fensterfront. An

dem Tisch hinter ihm saß ein junges Paar, das miteinander flüsterte. Vor ihm saßen zwei Frauen um die dreißig. Die eine erzählte der anderen gerade eine offenbar empörende Geschichte. Der Platz gefiel Aurich. Auf diese Weise war er nicht verpflichtet, zu sprechen, konnte aber unauffällig und mühelos an dem fremden Gespräch teilhaben.
An der gegenüberliegenden Wand hing ein Bild des Allerhöchsten. Aurich sah dem Allerhöchsten fest in die Augen. Der Allerhöchste lächelte milde auf Aurich herab. Nun sitzen wir wieder in einem Raum, dachte Aurich, Auge in Auge. Die beiden Frauen sprachen jetzt leiser. Aurich hatte vergessen, ein Buch oder eine Zeitung einzustecken. Abwechselnd sah er aus dem Fenster und auf das Bild des Allerhöchsten. Wenn du wüßtest, dachte Aurich, aber du weißt nichts, L. der Heuchler, wird dir nichts gesagt haben. Aurich trank den Kognak in einem Zug und bestellte einen zweiten. Es kam ihm vor, als läge in dem Lächeln des Allerhöchsten ein Spott. Lach nur, dachte Aurich, bis sie es eines Tages mit dir so machen. Und dich erkennen sie überall, dich erkennen sie sogar im Schlaf mit geschlossenen Augen, nachdem du in allen Kneipen, Schulen und Schaufenstern gehangen hast. Du müßtest den Rest deines Lebens im Stubenarrest verbringen, wenn du der Blamage entgehen willst. Da hab ich es besser. Ich kann mich noch umtun, ohne daß sie es merken, wie jetzt, die Damen vergessen mich gleich, dann sprechen sie wieder lauter. Aber du. Siehst du, da vergeht dir dein Spott. Aurich hob sein Glas und hielt es dem Allerhöchsten entgegen. Sehr zum Wohle. Nach dem zweiten Schnaps wich allmählich aus Aurichs Kiefer der Krampf, der sich nach dem Traum von Koblenz nie mehr ganz gelöst hatte. Aurich fühlte sich wohl und bestellte einen dritten Kognak. Hilde würde nicht riechen

können, ob es einer war oder drei. Es ging sie auch nichts an, sie verstand nichts von dem Druck, der auf ihm lastete. Der da mit seinem Lächeln verstand das schon besser, der wußte, was das heißt: zur Verantwortung berufen sein, ein Auserwählter wie er, Aurich.

Und alles von drüben, hörte Aurich die aufgeregte Frau vom Nebentisch sagen. Manche haben sogar Klospülung mit Musik, sagt mein Bruder, und der hat's ja jesehn, der hat ja die Gartenanlage jemacht da, also die Blumen und den Rasen, die janze Begrünung eben, verstehste, und die sind ja ooch rinjekomm in die Häuser, allet Teak und Marmor, nur Teak und Marmor, na und dieset braune Glas, kennste ja, wat jetzt immer an die Hotels und so kommt, dit. Du gloobst doch nich, daß die dit intressiert, wenn ick ihnen was von meiner kaputten Sickergrube schreibe. Scheißen Se ins WC, wenn die Grube voll is, wernse zurückschreiben. Könn die sich doch janich vorstelln, wie dit ist, wose mit Opernarien spüln statt mit Wasser. Aurich bedachte die Frau mit einem stummen Lob für ihren gesunden Menschenverstand und die Abneigung gegen kleinbürgerliche Exzesse. Die Werktätigen seines Bezirks hatte er zur Bescheidenheit erzogen, darauf war er immer stolz gewesen. Bescheidenheit ist der Reichtum der Armen, hatte seine Mutter gesagt.

Mein Junge hat jesagt, sagte die Frau, dit beste wär, er fährt mit zwee Eimern Scheiße nach Berlin und kippt die dem – die Frau zeigte auf das Bild des Allerhöchsten – uff seine Staatskarosse, damit der ooch mal riecht, wiet stinkt.

Beide Frauen lachten laut, und Aurich begriff seinen Irrtum. Nicht an hartherzige kleinbürgerliche Verwandte im Westen oder schlimmstenfalls an ortsansässige Handwerker hatte die Frau schreiben wollen, sondern an die Regierung. Der

Regierung gönnte sie Teak und Marmor nicht und diese Wasserspülung mit Musik, ihm, dem Allerhöchsten, dem die Verantwortung vielleicht nur diese wenigen Momente am Tage ließ, sich der Kunst zu widmen, ihm neidete sie das bißchen Behaglichkeit, in die der Mann sein beladenes Haupt lagern konnte. Gewiß würde sie auch ihm, Aurich, sein Haus mißgönnen und alles, was drinstand.
Die Frauen lachten immer noch. Das Gesicht von dem möchtick sehn, sagte die eine. Aurichs Kiefer verspannte sich. Hirnlose Weiber, dachte er, wußten nichts von der Verantwortung und lachten. Aurich sah dem Allerhöchsten in die Augen. Kein Spott darin, nur Verwunderung und Milde. Er hatte die Schmähung gehört und lächelte. Hirnlose Weiber, so hätten sie auch über ihn gelacht, wenn sie ihn erkannt hätten. Staatsfeinde, Attentäter. Vor Aurichs Augen begannen schwarze Schatten zu tanzen, hüpften wie kleine Teufel in wollüstigen Verrenkungen, bogen sich in schamlosem Lachen, sprangen auf dem wehrlosen Lächeln des Allerhöchsten herum. Das soll aufhören, dachte Aurich, das soll aufhören, Aurichs Augen schmerzten. Das soll aufhören. Immer noch das Lachen der Frauen. Hören Sie auf, schrie Aurich. Zitternd stand er neben den Frauen und schrie. Hirnlose Weiber, keine Verantwortung, aber die Rente. Sie lachen über den Allerhöchsten, schämen Sie sich. Er trägt den größten Buckel, was verstehen Sie davon. Staatsfeinde. Das hört auf. Halten Sie den Mund. Oben ist oben und unten ist unten. Ruhe jetzt.
Einen Augenblick schwiegen die Frauen, sahen sich ratlos und verstört an, suchten die Reaktionen in den Gesichtern der Umsitzenden. Das junge Paar lachte leise, auch die übrigen schienen eher bereit, den Alten komisch zu finden als gefährlich.

Setzense sich hin und mischense sich nicht in fremde Gespräche, sagte die Frau, die vorher die Geschichte erzählt hatte. Von wegen Staatsfeind, wir sind Aktivist, sagte die andere. Aurich blieb stehen, versuchte den Kiefer auseinanderzureißen. Wissen Sie, wer ich bin. Aurichs Stimme klang verzerrt. Ich habe die Verantwortung. Ich bin ein Oberer.

Die Frauen lachten, das junge Paar lachte, alle lachten. Das Lachen klang in Aurichs Ohren gewaltig wie ein Meer, das alles verschlang, oder wie ein Sturm, der alles mit sich riß. Die schwarzen Schatten vor Aurichs Augen türmten sich zu einer schwarzen Wand. Aurich sah nichts, hörte nur das Tobende um ihn. Aurich schrie: Feinde, Verräter, Umstürzler. Er ist ein Auserwählter. Ich bin auserwählt. Ruhe. Einsperren, alle einsperren.

Aurich fühlte sich kräftig an beiden Oberarmen gepackt und auf einen Stuhl gestoßen. Hilfe, schrie Aurich, Gewalt, die Konterrevolution, Attentäter. Plötzlich wurde Aurich ruhig. Der Lärm um ihn wich einer leeren Stille, die schwarze Wand vor seinen Augen riß auf, und einen Augenblick sah Aurich klar und scharf die vielen Gesichter mit den stummen lachenden Mündern. Dann fühlte Aurich den grausamen Schmerz in seiner Brust. Er griff sich ans Herz und starb.

AUDIENZ

Gott klappte seine Markenwimpern auf und warf einen gnädigen Blick auf Rosalind. Schöne blaue Augen hatte er mit feuchtem Unglück drin. Er tat ihr leid. Fürchte mich nicht, sagte er, lächelte, und sah nicht mehr traurig aus. Er klappte sein rechtes Auge zu und wieder auf. Er blinzelte Rosalind an.
Ich bin Atheistin, sagte Rosalind, ich glaube nicht an Sie.
Gott ist bei allen, sagte er, auch bei jenen, die ihn leugnen.
Das ist Ihre Sache, sagte Rosalind, es verpflichtet mich zu nichts.
Er hob beide Hände. Sei nicht ängstlich, ich verlange nichts.
Er machte es sich bequem in seinem Sessel, der ihrem gegenüberstand. Trotzdem achtete er darauf, daß seine Wirbelsäule vom Steiß bis zum Kopf eine gerade Linie bildete, wohl weil er sein im Augenblick gerade nicht sichtbares Kreuz darauf trug.
Ich habe eine Frage an dich, sagte er, aber du mußt nur antworten, wenn du willst. Meine Frage heißt: Warum glaubst du nicht an mich?
Er sah auf Rosalind. Rosalind sah in seine blauen Augen. Nie hätte sie geglaubt, daß er blauäugig ist. Seine Anwesenheit verwirrte sie. Sie war durch eine normale weiße Bürotür gegangen in Erwartung eines gewöhnlichen Ereignisses, und plötzlich hatte er dagesessen.
Ich glaube nicht an Sie, sagte sie, weil es Sie bis eben nicht gegeben hat. Wo wollen Sie die ganze Zeit gewesen sein?
Er senkte die Lider und sandte seine Markenwimpern wie

Fühler aus. Eine Wimper berührte Rosalind am rechten Mundwinkel, und sie mußte lachen, obwohl sie nicht lachen wollte. Er zog die Wimpern wieder ein, und als die Ursache ihres Lachens nicht mehr erkennbar war, lächelte er über sie, weil sie lachte. Er lächelte wohlgefällig. Warum lachst du, fragte er.

Weil Sie mich mit einer Wimper gekitzelt haben, sagte Rosalind.

Wenn ich dich kitzeln kann, muß es mich doch geben, sagte er.

Nein, sagte Rosalind, ohne zu wissen, womit sie diese Antwort belegen sollte.

Er saß weiterhin gerade und bequem in seinem Sessel. Gut, sagte er, ich verstehe. Dann habe ich noch eine Frage an dich: Hast du in deiner Kindheit an mich geglaubt.

Die Frage war Rosalind peinlich. Ja, sagte sie.

Warum hast du damit aufgehört, fragte er.

Weil Sie nicht gekommen sind.

Und wie, dachtest du, hätte ich zu dir kommen sollen?

So wie jetzt, sagte Rosalind, bemerkte, daß sie damit zugab, was sie abstritt, und fügte hinzu: So wie Sie jetzt behaupten, zu mir gekommen zu sein.

Ich verstehe, sagte er wieder.

Er zog aus seiner Jackentasche eine Zigarettenschachtel (Rosalinds Sorte) und streckte sie ihr entgegen.

Rauchst du.

Nein, danke.

Er steckte die Schachtel wieder ein. Ich rauche auch nicht, sagte er, sie haben mir den Magen operiert. Haben sie dich auch schon operiert?

Ja, am Blinddarm.

So. Mich am Magen.

Warum haben Sie einen Magen, der krank werden kann, wenn Sie überirdisch sind, fragte Rosalind.
Aus seinen Augen tropfte Traurigkeit. Was habt ihr für eine unmenschliche Vorstellung von mir.
In Rosalind schwappte das Mitleid auf wie lauwarmes Wasser.
Nein nein, sagte sie, ich habe gar kein Bild von Ihnen, nur dachte ich, Gottheit beruhe auf dem Nichtirdischen.
Gottheit ruht nicht, Gottheit ruht nie, sagte er und seufzte. Und weißt du, am meisten strapazieren mich die Ungläubigen. Die Gläubigen haben Respekt. Die wissen, daß auch ein Gott Ruhe braucht. Die Ungläubigen aber beschäftigen mich Tag und Nacht. Unter dem Vorwand, es gäbe mich ja nicht, erlauben sie sich jede Rücksichtslosigkeit und stapeln ein Kreuz über das andere auf meinem Rücken. Auch du, Rosalinda, mit deinen gotteslästerlichen Schriften. Aber wir wollten nicht von meinen Sorgen sprechen. Warum hast du auf mich gewartet.
Ich habe nicht auf Sie gewartet, sagte Rosalind.
Du hast, Rosalinda, du hast, sonst hättest du mich nicht getroffen. Seine Markenwimpern glänzten wie Sonnenstrahlen, und sein dunkelblauer Straßenanzug war zu einem weiten weißen Gewand geworden. Jetzt sah er aus wie der, auf den Rosalind in ihrer Kindheit gewartet hatte.
Es ist mir peinlich, darüber zu sprechen, sagte sie, aber ich brauche Geld.
Ich weiß, sagte er, sieh in deine Tasche.
Rosalind klappte ihre Tasche auf. Darin lagen mehrere Bündel, ordentlich mit der Banderole der Staatsbank verklebt.
Danke, sagte Rosalind.
Er winkte ab. Was brauchst du noch.

Rosalind hatte das Gefühl, sich in heißen Rauch aufzulösen. Was an Festem und Flüssigem in ihr war, verdampfte durch ihre sich öffnende Haut. Auch ihr Gehirn schien zu verdampfen, statt zu denken. Das macht er mit seinen Wimpern, dachte sie.
Hören Sie auf mit dem Zirkus, sagte Rosalind mit schwacher Stimme. Das Geld hat Ihre Sekretärin schon im Vorzimmer in meine Tasche gelegt, als ich auf der Toilette war, und daß ich welches brauche, weiß jeder, warum nicht auch Sie. Wenn Sie mich bekehren wollen, wecken Sie J. S. aus der Agonie.
J. S. hatte vor einem Jahr einen Unfall gehabt und lag seitdem ohne Bewußtsein in einer Klinik. Die Ärzte hatten ihn aufgegeben.
Die Sache ist schon in Arbeit, sagte er, hab Geduld. Ich gebe dir Nachricht, wenn es soweit ist.
Das ist kein Beweis, sagte Rosalind, glaubte sie zu sagen, hätte sie gesagt, wäre ihr Gehirn nicht gerade eine glühendheiße Dampfwolke gewesen. Sie schwieg.
Er lächelte. Seine Markenwimpern schwebten als Strahlendach über Rosalinds Kopf. – Rosalinda, sagte er, seine Stimme klang so warm, daß die Temperatur im Zimmer sofort um weitere zwei Grad anstieg. Rosalinda, bist du deines Unglaubens nicht müde?
Rosalind seufzte. Und wie, sagte sie, Sie ahnen nicht, wie schwer es ist, im Unglauben zu leben. Sie waren nie in der Lage.
Ich kenne die Einsamkeit, sie ist mein Amt, sagte er. Aber für dich gibt es eine Erlösung.
Ich will ja glauben, sagte Rosalind, ich würde so gerne glauben. Aber kaum fange ich damit an, werde ich fallsüchtig, verstehen Sie, ich kann nicht dafür, ich weiß einfach

nicht mehr, wo oben und unten ist. Zum erstenmal passierte es, als Heinrich wiederkam. Er hatte mich verlassen. Nach fünf Monaten kam er zurück. Er sagte: Ich brauche dich, Linda. Und ich sagte: Heinrich, ich liebe dich. Ich wollte auf ihn zugehen, verwechselte die Richtung, und warf mich statt dessen auf den Boden. Ich brach mir einen Handknöchel.

Rosalind hielt ihm ihr rechtes Handgelenk unter die Augen. Da, wo der Knochen vorsteht. Heinrich zog drei Tage später wieder aus.

Das sind Kindereien, sagte der Gott, du sollst nicht an einen Menschen glauben, sondern an eine Idee. Die Idee bin ich. Er stand auf, schritt in seinem weißen Gewand zum Fenster und blieb so stehen, daß die Sonne wie ein Heiligenschein hinter seinem Kopf hing.

Das habe ich auch versucht, sagte Rosalind, aber dann wird es noch schlimmer. Ich wäre beinahe aus der zehnten Etage gesprungen, weil ich das Fenster für die Zimmertür hielt. Er verließ seinen Platz am Fenster und im Vorübergehen streichelte er Rosalinds Kopf. Dabei lachte er leise und, wie es Rosalind schien, fast zärtlich.

Aber Rosalinda, das beweist nur, daß du noch niemals wirklich geglaubt hast. Glauben bedeutet ja gerade, genau zu wissen, wo oben und unten ist. Oben ist da – er zeigte in den Himmel – wo ich bin. Und unten ist da – er zeigte auf den Fußboden – wo du bist.

Rosalind saß steif in ihrem Sessel. Machen Sie das bitte noch einmal, sagte sie.

Was. Das, fragte er und wiederholte etwas unsicher seinen Fingerzeig in den Himmel.

Bitte streicheln Sie mir noch einmal den Kopf, sagte Rosalind.

Er richtete seine Wimpern zu steilen Antennen auf und blickte Rosalind aus seinen schönen blauen Augen streng an.
– Später, Rosalinda, für heute ist es genug. Geh jetzt nach Hause und denke nach. Wir sehen uns wieder.
Wann, fragte Rosalind.
In diesem Augenblick öffnete die Sekretärin die Tür, sagte: Kommen Sie, Mädelchen, und führte Rosalind behutsam in das Vorzimmer.
Gott blieb unter sich.
Nachdem Rosalind das Zimmer verlassen hatte, zog er vorsichtig die Markenwimpern von den oberen Augenlidern, was ihn schmerzte und in jedes Auge eine Träne trieb. Er legte die Wimpern in eine mit Watte gepolsterte Zellophanschachtel und verschloß sie im Tresor. Dann setzte er sich hinter seinen Schreibtisch, holte aus dem linken Schubfach das Diktiergerät und aus dem rechten den Kassettenrecorder. Er spulte das Band auf dem Recorder zurück und hörte sein Gespräch mit Rosalind noch einmal ab. Zwischendurch schluckte er eine Tablette gegen seine bohrenden rechtsseitigen Kopfschmerzen, seit seiner Kindheit litt er unter Migräne.
Er diktierte: Anmerkung zu erstem Treffen mit Rosalinda: mittlerer Fall von Unglauben. Ursache: infantiles Enttäuschungssyndrom; Schwachstelle: typisch weiblich, R. ist berührungssüchtig; vorgegebene Tendenz zur Fallsucht bei Glauben beruht vermutlich auf intellektueller Autosuggestion; keine organischen Symptome festgestellt. Empfohlene Behandlungsstufe: Amazone I. Unterschrift. Über die Sprechanlage teilte er der Sekretärin mit, er wolle in der nächsten halben Stunde nicht gestört werden. Er schloß die Augen und ergab sich dem Dämmer, wohin sein angestrengtes Gehirn sich dankbar flüchtete. Er träumte, er wäre

ein Gott. Als göttliches Prinzip wandelte er durch die Straßen und wohnte den Menschen inne. Rosalinda sah er kniend, das Gesicht verschleiert von rotem Fahnentuch vor dem Denkmal des Schwans. Sie schrie und flüsterte unaufhörlich dieselben Worte: mea culpa, mea culpa, mea maxima culpa.
Das Telefon klingelte, und die Sekretärin erinnerte ihn an seinen nächsten Auftritt.

ADA UND EVALD
Ein Stück

I

Ada ist allein. In ihrer Zelle, zwanzig Meter hoch über den Straßen, sitzt sie und blickt blind in ihr wächsernes Gegenbild. Das hockt steif auf dem andern Stuhl, der in Adas Zelle steht. Adas Ebenbild in gelblichem Wachs mit rosigen Wangen, rosiger als Adas Wangen, die heute bleich sind, gestern schon bleich waren und vorgestern. Aber damals, als die Puppe entstand, floß noch kräftiges Blut unter Adas Haut. Die Puppe lächelt unter dem schmierigen Staub der Jahre. Ich müßte dich waschen, sagt Ada, dich waschen, mich salben, damit ich dir ähnlich bleibe, und meine Runzeln unsre Verwandtschaft nicht leugnen. Aber eines Tages werde ich mich nicht mehr erkennen in dir, weil noch keine Salbe die Zeit heilt. Dir kann ich die Zeit vom Gesicht waschen, an dir bleibt sie nur als Schmutz. Als was bleibt sie mir.

Ada zieht der Puppe die Kleider aus. Tu nicht so steif, du Koloß, wirst du immer schwerer oder werde ich immer schwächer. Ada streichelt die Brüste der Puppe. Ach ja, so war ich, wie werd ich noch werden. Ada wäscht die Puppe, trocknet sie ab und zieht ihr ein Nachthemd an. Schlaf jetzt, schlaf, ich muß arbeiten, davon verstehst du nichts. Sei froh, daß du unter der warmen Decke liegst, wo du sicher bist vor meinen Alpträumen. Weißt du noch, wie ich dich fast zerschlagen hätte, weil ich glaubte, du wolltest mich verlassen. Ada nimmt die Puppe in ihren Arm und wiegt sie.

Schlaf, Ada schlaf
du selber bis das Schaf

der Vater hat es dir gesagt
die Mutter hat den Traum verjagt
schlaf, Ada schlaf.

Sie küßt die Puppe lange auf den Mund. Ich liebe dich.

Ada setzt sich an ihren Schreibtisch, spannt einen Bogen in die Schreibmaschine, nimmt den Hörer des Telefons ab, wählt die Zeitansage. Zehn Uhr achtundzwanzigzehnuhrachtundzwanzig. Nun muß ich wieder warten, denkt Ada, wenn ich nur wüßte worauf.

II

Ada wartet auf Evald. Evald kommt. Die Erlaubnis, zu Ada zu kommen, hält er in Form von Einzahlungsformularen fest in seiner linken Hand. Als er Ada umarmt, benutzt er dazu nur den rechten Arm, den linken hält er abseits, damit die Formulare keinen Schaden nehmen können. Evald, du mußt heute zur Post gehen, wird Evalds Frau zu Evald gesagt haben. So darf Evald auf ein halbes Stündchen an Adas Tisch sitzen und mit seinen blauweißen Augen gukken. Evald wechselt sein Aussehen minütlich. Wenn er ausatmet, verdampft er auf Däumlingsgröße, und bedauernswert baumeln Evalds Beinchen von der Stuhlkante, bis er wieder einatmet und die Luft ihn aufbläst zu einem Ballon von mittlerer männlicher Größe mit blauweißen Augen. Kaum will Evald einen Satz sagen, geht ihm die Luft aus, und er muß schrumpfen.

Wenn ich die Augen schließe, kann ich das Paradies sehen, sagt Ada.

Wie sieht es aus, fragt Evald.

Eva hängt am Baum der Erkenntnis, die Schlange schläft, Adam pflanzt Vergißmeinnicht.
Warum hat sie sich aufgehängt, fragt Evald.
Später hätte es sich nicht mehr gelohnt, sagt Ada. Sie hat vom Baum der Erkenntnis gegessen, aber sie hat Adam nichts abgegeben. Und erkannte seine Worte: das ist doch Bein von meinem Bein und Fleisch von meinem Fleisch; man wird sie Männin heißen, darum daß sie vom Manne genommen ist. Da wollte sie sich den Rest ersparen. Außerdem hat sie sich gar nicht selbst aufgehängt. Adam hat sie da hingehängt, weil sie ihm langweilig wurde.
Und danach, fragt Evald.
War ihm noch langweiliger, sagt Ada, aber daran hat er vorher nicht gedacht. Das war das Paradiesische: Es herrschte Gerechtigkeit. Wenn ich mich aufhänge, hast du deine Frau. Wenn sie sich aufhängt, hast du mich. Wenn wir uns beide aufhängen, ist es auch nicht schlimm. Schlimm ist nur, daß wir uns beide nicht aufhängen.
Evald schrumpft, nur seine Augen bleiben unverändert und gucken duldsam aus Evalds apfelgroßem Kopf. Evalds Augen sehen aus wie blauweiße Glasbucker.
Ach Ada, sagt Evald, atmet tief ein, und als er sich auf die normale Größe gedehnt hat, sagt er: Das Paradies ist eine Erfindung für Idioten. Der Schmerz ist es, für den zu leben es lohnt. Aus Evald weicht die Luft. Ach Ada.
Das Paradies ist keine Erfindung, sondern eine Sehnsucht oder eine Erinnerung, wie du willst, sagt Ada. Nur geraten mir selbst meine Sehnsüchte zu Alpträumen. Solange ich dich kenne, warte ich auf dich. Und wenn du endlich gekommen bist, warte ich darauf, daß du wieder gehst, damit das ein Ende hat, das Gucken und das Schweigen und das Warten auf den Satz: Jetzt muß ich aber gehn, Ada. In der ersten Stunde hätte

ich mich aufhängen sollen, als ich noch dachte, du hättest mehr Blau in den Augen als Weiß.
Evald schrumpft nicht mehr. In ganzer Größe sitzt er an Adas Tisch, die Einzahlungsformulare noch immer in der linken Hand. Ach Ada, du hast ein Recht auf Glück, weil du es brauchst. Mein Glück, Ada, ist der Schmerz. Mein Paradies ist die Hölle.
Ich weiß, sagt Ada, du hast dich erhoben über die profane Glückssucht niederer Gemüter. Aber in mir gibt es etwas, das hat noch nicht gelebt. Es ist mit mir geboren, aber nicht mit mir gewachsen. Es hat keine Sprache und keine Bilder. Ich kann nicht sagen, was es ist, aber ich fühle, daß ich nicht vollständig bin. Ich habe eine andere Möglichkeit, und ich habe sie nicht. Es geht nicht ohne dich.
Evald dehnt sich auf die doppelte Größe. Ada, sagt Evald, ich fühle deinen Schmerz. Evald steht auf. Die Erbärmlichkeit, sagt Evald und steigt auf den Stuhl. Doppelt groß steht Evald auf dem Stuhl. Die Erbärmlichkeit von Mode und Konservativismus, Ada, sind die Knuten, die unsrer Scheinwelt jene süßeitrigen Striemen beibringen, die zwischen Zufriedensein und Kotzen liegen. Aber ich frage dich, Ada, Evald steigt auf den Tisch, Ada, ich frage dich, was geht das die Opfer an. Den Indio in Südamerika, den Inder, der hungert, den Schwarzen in den USA, die Frauen der Welt. Was geht dich das an, Ada. Ich fühle deinen Schmerz, ich fühle den Schmerz aller Frauen der Welt. Ich fühle mich schuldig, schreit Evald, und meine Scham verdoppelt den Schmerz. Ich fühle, daß ich lebe, Ada. Ich danke dir, ich danke den Frauen der Welt, schreit Evald, bricht zusammen und liegt stöhnend auf Adas Tisch. O Ada. Als Evald fertig ist mit dem Stöhnen, steht er auf. Ich muß jetzt gehen, Ada, sagt Evald und geht.

III

Evald ist allein. Er kniet vor der wächsernen Puppe, die ihm gleicht. Lange Locken fallen um Evalds bleiches Wachsgesicht. Auf dem Kopf trägt die Puppe eine Krone aus Stacheldraht. Auf des knienden Evald Stirn zielt ein lederner Phallus, den die Puppe trägt. Evald betet sein Bildnis an. O du Traum von mir, Bruder meiner Brüder Friedrich, Georg und noch einmal Georg, du Sohn meiner blutigjungen Stiefväter, die verreckt sind in ihrem blutigjungen Blut, gestorben im Wasser, im Fieber, im Wahnsinn. Und du. Lebst. Ein Bändchen Verse, drei Dramen, ein Bändchen Prosa, ein Stapel Telefonrechnungen, Belege meiner ungeschriebenen Briefe, zwei Kinder, zwei Witwen, eine für den Nachlaß, eine für die Trauer. Zu wenig Marmor für den Ruhm. Ich werde dir die Verse aus dem Leib prügeln, wenn du sie nicht freiwillig hergibst. Evald schlägt der Puppe ins Gesicht. Gib mir meine Träume zurück. Du glaubst, wenn du sie unter Stacheldraht versteckst, darfst du sie behalten. Evald nimmt der Puppe die Krone vom Kopf und klappt die Schädeldecke hoch. Gib mir meine Träume wieder. Er faßt der Puppe in den Kopf. Wo hast du sie, schreit Evald, wo hast du sie versteckt. Evald setzt sich selbst die Krone auf, drückt sich die Dornen tief in die Kopfhaut. Dann gib mir den Schmerz. Evald stöhnt, achja, der schöne Schmerz auf meinem traumlosen Hirn ist die Rettung. Evald nimmt der Puppe den Phallus ab und gürtet sich selbst. Er setzt sich an den Schreibtisch, spannt einen Bogen in die Schreibmaschine. Das Telefon klingelt.

Evald schreit in den Hörer: Ich arbeite, und legt auf. Das Telefon klingelt noch einmal. Ich arbeite, schreit Evald, aber okay, was ist?

Hier ist Ada, sagt Ada.
Ja, sagt Evald und sinkt in die Haltung des Dulders.
Evald?
Ja.
Ich will mit dir sprechen.
Sprich.
Wenn du so bist, kann ich nicht.
Wie bin ich?
Ich weiß nicht.
Dann red nicht so ein Zeug. Sprich.
Evald?
Ja.
Ich hatte einen Traum. Ich wollte mich auf ein Sofa setzen. Plötzlich platzte das Sofa, und aus einem kleinen Loch quollen Taufliegen. Ich hielt das Loch zu, da platzte das Sofa an einer anderen Stelle. Das Zimmer wurde ganz dunkel von den Fliegen, und ein schrilles Surren war im Raum. Und es kamen immer mehr. Mit jedem Atemzug sog ich sie ein. Mund und Nase waren verklebt von den Fliegen, die aus dem Sofa strömten wie ein dicker Wasserstrahl. Ich wollte schreien, aber kaum öffnete ich den Mund, stopften ihn mir die Fliegen. Ich bin erstickt.
Sehr gut, sagte Evald.
Was ist sehr gut?
Der Traum. Schreib ihn auf.
Ich habe Angst vor meinen Träumen, Evald, sag mir etwas Freundliches.
Glaubst du, nur du allein träumst Schreckliches. Was, denkst du, speit mein Marterhirn mir Tag und Nacht unter die Schädeldecke. Das ist dein Amt: es auszuhalten, allein, verstehst du. Statt dessen störst du meine Einsamkeit. Ist das noch immer nicht Geist von deinem Geist und Lust von

deiner Lust. Man wird dich Törin heißen, darum daß du vom Manne nicht lernen willst.
Bitte, sagt Ada, hör auf, mir brennt die Haut von dem Eis, das du auf sie wirfst. Ich bin nicht so.
Wie bist du dann. Sag doch, los, ich höre. Wenn du nur einmal sagen könntest, wie du bist. Was du willst. Was willst du von mir. Von meiner Kraft saugen, die heilig ist, Genie verhindern für deinen trocknen Hausfrauensinn. Hilfe, hilf mir, hilf dir selbst. Ich habe ein Recht auf mein Talent. Du störst. Geh, setz deinen Arsch auf Feuer, wenn er dir vor Kälte brennt, aber zeig mir hinterher nicht die Narben, es würde mich ekeln.
Evald legt behutsam den Hörer auf die Gabel, um den Gedanken, der in ihm aufzusteigen beginnt, nicht zu stören. Fliegen, sagt Evald leise, Taufliegen aus einem Sofa, das ist gut. Evald schreibt.

IV
(Kneipe I)

Der Selbstmörder steht am Tresen, kippt einen Wodka und sagt: Noch einen, Didi. Der Selbstmörder trägt um seinen Hals eine Schlinge, das Ende des Stricks hängt ihm wie eine Hundeleine über die Brust. Der Wirt zieht an dem Strick. Willste das Ding nich wenigstens anne Garderobe abhängn, fragt der Wirt.
Dann friere ich am Hals, sagt der Selbstmörder, ich bin so dran gewöhnt.
Wat trägstn dit Ding immer, wennde dich doch nich uffhängst, fragt der Wirt.

Warum schreibst du immer Aal auf deine Bestellung, wenn du ihn doch nicht kriegst. Einmal tu ichs, und dann muß er da sein.
Ick bestell schon lange keenen Aal mehr, sagt der Wirt.
Dann kriegst du eben keinen, wenn es welchen gibt.
Du kriegst keinen, sagt der Wirt, ich krieg.
Hast du Ada heute schon gesehn, fragt der Selbstmörder.
Nee, sagt der Wirt, jestern ooch nicht.
Der Wirt wäscht Gläser ab, der Selbstmörder trinkt. Clairchen kommt durch die Tür gestolpert. Clairchen ist einen Meter achtzig groß und wiegt hundertneunzig Pfund. Mann, Suizi, lebste immer noch, n Bier, Didi, aber n großet. Ick hab vielleicht heute wat komischet erlebt. Also, ick jeh die Straße lang, wa, einfach so, kieck mir Bäume an. Ick jeh so die Straße mit Bäume lang, da kommtn Mann. Ick beachte den janich, weil ick mich ja mit den Bäumen beschäftje. Ick bin an dem Alten schon vorbei, bleibt der plötzlich stehn und schreit: Nu frag ich Sie, wo sind die Schwalben. Ick bleib stehn, der Alte kieckt in den Himmel. Ick kieck ooch in den Himmel. Keene Schwalbe zu sehn. Wo sind die Schwalben, frage ich Sie, sagt der Alte. Weg, sage ick. Gestern waren sie alle da, sagt der Alte, schüttelt den Kopp, wo die bloß sind, sagt er und geht weiter.
Na und, sagt der Wirt, wo warn die Schwalben.
Clairchen trinkt gierig das Bier. Weg. Weg warn se. Aber wat wollt der Alte von den Schwalben, frage ich euch.
Der Selbstmörder küßt seinen Strick. Lieben wollte er sie. Seine Frau ist tot. Seine Kinder haben ihn verlassen. Niemand da zum Lieben. Aber die Schwalben.
Warum sucht er sich dann wat mit Flüjel und nich was Bleibendes, sagt der Wirt.
Weil der Mensch liebt, was sich ihm entzieht, sagt der

Selbstmörder. Warum liebe ich Ada. Weil sie Evald liebt. Warum liebt sie Evald. Weil Evald nur sich liebt. Warum liebt Evald sich. Weil er sich haßt. Der Alte liebt die Schwalben, weil sie ihm wegfliegen.
Clairchen: Nochn Bier, Didi. Suizi, du spinnst. Der Mensch wird jeborn mit ner bestimmten Menge Liebe in sich, sagen wir ein oder zwei Megawatt, das ist verschieden von Mensch zu Mensch. Die trägt er wien Kaffeewärmer unterm Arm mit sich rum und is unglücklich. Bis er eines Tages einen findet, dem er den Kaffeewärmer überstülpt. Ick liebe dich, sagt er und deckt ihn mit seiner Liebe zu. Eine Weile is der Mensch glücklich. Dann wird dem Jeliebten unter dem Kaffeewärmer zu heiß, er kriegt keene Luft und schiebt den Kaffeewärmer beiseite. Beede klemm ihre Lieben untern Arm und suchen neue Opfer. Wir brauchen wat zum Lieben, wat sich nich wehrt gegen das Jeliebtwerden. Den Schwalben is egal, wat der Alte fühlt.
So isset, sagt der Wirt und gießt sich einen Schnaps ein. Schnaps und Jeld is Glück, wat hält. Da verschwendeste deine Jefühle nich.
Du hast doch ein Kind zum Lieben, sagt der Selbstmörder.
Der Wirt stellt das abgewaschene Glas beiseite. Das Mädel hältste raus aus euren Sauereien, sagt der Wirt, euch is auch janischt heilich.
Ada kommt. Hast du Evald gesehn, fragt sie den Wirt.
Nein. Willste was trinken.
Wie immer. Ada setzt sich allein an einen Tisch. Der Wirt bringt ihr ein großes Glas Wein. Der Selbstmörder setzt sich zu Ada.
Warum liebst du Evald, fragt der Selbstmörder.
Wen sonst.

Mich, sagt der Selbstmörder.
Suchst du eine Witwe, die dir Rosen aufs Grab pflanzt.
Wenn du mich liebst, nehm ich mir den Strick vom Hals. Ich schenk ihn dir.
Damit ich mich selbst dranhänge. Behalte deinen Strick und laß mich in Ruhe.
Clairchen: Suizi, komm her, ick streichle dir deinen Selbstmörderhals.
Selbstmörder: Der Himmel verschone mich vor deinen Pranken. Du willst mir die Haut vom Hals reißen, daß selbst der Strick mich schmerzt. Mein letztes Vergnügen willst du mir ruinieren.
Clairchen trinkt. Nochn Bier, Didi. Wißt ihr eigentlich, daß ick früher janz kleen war, viel kleener als andere Kinder. Und dünn. Mädel, du mußt was essen, hat meene Mutter immer jesagt.
Ada äfft Clairchen nach: Von morgens bis abends mußtest du essen, weil deine Mutter fürchtete, du könntest vor Schwäche sterben. Ich kann die tragische Geschichte deiner verfressenen Kindheit nicht mehr hören.
Erzähl ick eben ne andre, sagt Clairchen. Ick kannte mal eenen von der Müllabfuhr. Der war verheiratet mit ner janz zarten Frau und hatte immer Angst, dasser se kaputt macht, weil er so stark war. Bei mir hatte er keene Angst. Catcherveranstaltungen warn dit, das Bett als Vernichtungslager, Junge. Der dachte dabei immer an seine Frau. Manchmal hab ick jedacht, der muß die hassen. Hat er bestimmt ooch. Ick hab mich jeekelt, aber wat sollt ick machen. Den andern war ick zu dick. Zum Schluß hab ick ihm den Arm jebrochen, aus Versehn oder mit Absicht, Leid jetan hats mir jedenfalls nich.
Ada hat stumm in ihr Glas gestarrt, während Clairchen ihre

Geschichte erzählte. Sie schlägt mit der Faust auf den Tisch, daß das Glas umfällt. Mein Gott, schreit Ada, hat denn keiner was Neues erlebt. Hat niemand einen Mord begangen, ein Haus abgebrannt, einen See ausgetrunken oder wenigstens zugesehen, wie ein andrer es getan hat. Von dem gebrochenen Arm des Müllkutschers zehren wir schon fünf Jahre. Es ist nicht mehr komisch. Ich will, daß etwas passiert, was komisch ist.
Der Wirt trocknet Gläser ab. Ein Glas fällt ihm aus der Hand. Alle sehen auf den Wirt.
Nischt passiert, sagt der Wirt und hebt das Glas wieder auf. Es ist nicht zersprungen.
Ich will, das etwas passiert, schreit Ada.
Der Selbstmörder seufzt. Ich habe dir ein Gedicht geschrieben, willst du es hören.
Ich kenn es schon.
Eine neues.
Ich kenn es trotzdem.
Zwei Jungen und zwei Mädchen kommen in die Kneipe. Sie tragen schwarze Motorradanzüge und die Sturzhelme unter dem Arm. Der Selbstmörder fällt einem der Jungen um den Hals. Brüder und Schwestern, durch das Sinnbild mir verwandt. Ich den Strick um den Hals, ihr den Kopf unterm Arm. Es lebe der Tod.
Pfoten weg, sagt der Junge und schiebt den Selbstmörder beiseite. Spinner.
Vier Cola, vier Curry, ruft der andere.

V

X ist allein in seiner Zelle, die etwas größer ist als die der anderen. X sitzt klein und wie ein Gartenstuhl zusammengeklappt auf einem Tisch und ißt Papier. Er ißt es gleichmütig, ohne sichtbares Vergnügen, auch ohne Ekel. X sagt: Die griechische und die römische Antike habe ich schon in meinem Bauch, und ich bin immer noch hungrig. Das Zeug sättigt nicht. Aparte Vorspeise zum großen Schlachtefest: Menschen als Löwenfraß, enthäutete Sänger, Mutterschänder. Tragödien tragen Menschennamen: Antigone, Medea, Ödipus; nicht Auschwitz, Stalingrad, Hiroshima. Ich kann Blut nicht sehn. Es würgt mich, und ich muß weinen, wenn ich Blut sehe, und doch treibt mich eine Blutrünstigkeit, die nicht satt werden kann. Ich fresse die blutigen Papierleichen in mich hinein, hundert, zweihundert, und speie sie aus in neuer Gestalt, und schon wieder quält mich der ekle Durst auf neues Blut, als könnte mir nur fremder Tod beweisen, daß ich lebe. Soviel Tod kann es gar nicht geben auf meiner Erde, daß ich einmal tanzen möchte. Einmal soviel Leben fühlen, daß die Beine tanzen müssen.

X steht auf und sammelt die Teile seiner Wachspuppe ein, die im Raum verstreut herumliegen. Er schraubt den Kopf an die Schultern, einen Arm an die Hüfte, den anderen Arm montiert er anstelle eines Beines. X singt dabei: Brüder seht die rote Fahne weht uns kühn voran . . .

X setzt den Puppenkrüppel auf den Tisch und betrachtet ihn: zu schön für mein Empfinden. Das schafft die Natur im Glücksfall. Er schraubt einen Arm an den Hals.

Schon besser, aber noch nicht gut. Das abscheulichste

Monster, das die Welt je sah, will ich aus mir machen. Ein Hohn auf das Leben, das sie alle anbeten, obwohl es nie etwas anderes hervorgebracht hat als den Tod. Ein Weib schenkt einem Kind das Leben. Daß ich nicht lache. Den Tod brütet sie aus. Doch soweit wollen sie nicht denken, die Angst sitzt ihnen in den todgeweihten Knochen. Aber: Kaum haben sie eine Ahnung von dem Unsinn ihres Lebens, kämpfen sie um die Unsterblichkeit wie die Eintagsfliege um den zweiten Tag. Evald, das talentlose Genie, zerrt sich die Verse aus dem Leib, die nicht darin sind. Für einen Tropfen Nachruhm. Und erst die Weiber. Rührend ihr esoterisches Gestammel, wenn sie, einfältig wie die Kinder, ihre Geschichte in einer Sprache suchen, in der sie keine Geschichte haben. Was für ein Glück, keine Geschichte zu haben. Aber der Mensch, ob Mann oder Frau, kann es nicht lassen. Eines Tages erwacht er, schlägt die Augen auf und fragt: Wer bin ich. Und schlimmer, er fragt: Wo komme ich her. Das Ende aller Unschuld ist die Suche nach der Schuld. Und Geschichte ist nichts als die Sammlung fremder Schuld. Meine Geschichte ist die gesichtete und geordnete Schuld meiner Mutter. Seit ich meine Mutter als die Schuldige benannt hatte, wühlte ich ohne Scham in meiner Schlechtigkeit. Keine Scheu vor meinen Abgründen hielt mich zurück. Ich war nicht schuldig an mir. Ich entdeckte mich, und ich hätte mich hassen müssen, statt dessen haßte ich die Mutter, mein Opfer. Aber der Zustand langweilte mich auf Dauer. Ich nahm einen Teil der Schuld auf mich, nicht zuviel, trotzdem trug ich schwer daran. Und hütete mich, der Last ein Gramm hinzuzufügen. Ich wollte nichts mehr von mir wissen, was den Gedanken an Schuld hätte aufkommen lassen. Aber das Gespenst, einmal zu Tische gebeten an der Tafel meiner Phantasie, verfolgte mich, bis es sein Opfer bekam: Ich tötete. Täglich tötete ich einen Menschen, später sogar zwei. Zuerst nur in Gedanken, dann auf Papier. Ich erfand Menschenfresser, Mörder, Selbstmörder, Töter und Opfer überall. Bis ich endlich begriff: Es gibt keine Schuld. Und ohne Schuld keine Geschichte. Nichts bleibt als die nackte Vergangenheit. Keine Schuldigen liegen unter unseren Füßen, nur Tote, Gewesene, wie wir bald gewesen sein werden. Die geschmähten Erbauer der Mietskasernen, Schornsteine, Bomben, ohne deren Schuld wir unser Leben nicht ertragen wollen. Wir, die Hohen Richter, verkünden das Urteil der Geschichte und schreien: schuldig. Wir gestalten unsre Geschichte selbst, schreien wir und haben recht, wie wir es gar nicht wollen. Statt an unsrer Zukunft hämmern und meißeln wir unsre Vergangenheit um zur Legende, die wir Geschichte nennen, und werden nur langsam auf dieses Schleifchen und jenes Fältchen am Gewand unsrer Heroine wieder verzichten können, bis endlich das kantige und rissige Gestein sichtbar wird, das wir zuvor so mühevoll verbrämt haben. Aber dann werden schon neue dastehen und mit Fingern auf uns zeigen und unsre Schuld brauchen für ihre Legende. Wenn doch welche kämen, die mit ihrer Vergangenheit leben könnten ohne die Entschuldigung; die auf ihre Geschichte verzichten wollten und auf die Sühne. Aber schon stehen sie, die schönen Frauen, mit ausgestreckten Fingern, zeigen auf die Männern und schreien: schuldig.

X hat die Puppe wieder zerlegt und setzt sie neu zusammen.

Ich will euch euer monströses Dasein vorführen, bis ihr den Gedanken ertragt, Monster zu sein. Vor euren Augen werde ich mich in das Ungeheuer verwandeln, das zu sein ihr

fürchtet, bis einer, wenigstens einer von euch ohne Anspruch auf die fremde Schuld bekennt: Das bin ich. So bin ich.
X verschraubt den Kopf der Puppe in ihrem Hintern.
Wenn die letzte Schlacht geschlagen, Waffen aus der Hand . . .

VI
(Kneipe II)

Ada: Worauf warte ich. Auf Evald. Wenn er kommt, warte ich darauf, daß er etwas sagt, dann darauf, daß er etwas anderes sagt, dann warte ich darauf, daß er geht, dann wieder, daß er kommt. Noch nie habe ich durch ihn aufgehört zu warten.
Selbstmörder: Du wartest darauf, daß er dich liebt. Er liebt dich nicht, und du wartest weiter.
Clairchen: Ihr redet immerzu von Liebe, leider versteht ihr nischt davon. Ihr seht den Zusammenhang nicht. Der ist dieser: Ada wartet auf Evald, weil er sie nicht liebt. (Zu Ada) Warum wartest du nicht auf Suizi, der dich liebt.
Ada: Weil ich ihn nicht liebe.
Clairchen: Falsch. Weilde dann uffhörn müßtest zu warten. Und wat würdeste dann machen.
Ada: Warten. Ich weiß nicht, worauf ich warte. Jetzt heißt es Evald. Ich warte nicht auf Evald. Was sollte ich von ihm wollen. Sein geplustertes Weibchen werden wie Lena, die ihm siebenmal die Woche seinen Fisch kocht, den er liebt, Hering nach Hausfrauenart, Forelle à la Müllerin, grünen Karpfen, blauen Karpfen, die ihm die Beine breit macht,

damit er sein Genie dazwischen findet, das ihm beim Denken abhanden gekommen ist.
Evald kommt. Ada schweigt, zieht die Schultern ein, senkt den Kopf, wartet. Evald setzt sich neben sie und legt ihr den Arm um die Schulter. Ada lehnt sich an Evald.
Ada: Ich lehne mich an und denke, ich bin ein Ganzes, weil ich denke, daß du ein Ganzes bist.
Evald: Kannst du immer nur an das eine denken. Die Erde verhungert, verbrennt, erstickt. Es glüht mir das Hirn aus, es würgt mir das Herz ab, wenn ich daran denke. Und ich denke nur daran. Und du willst deinen Kopf gestreichelt haben von mir und willst ein Ganzes sein durch mich. Sei selbst ein Ganzes.
Ada: Wie geht das bloß: Ihr schneidet euch einen Stern aus Goldpapier, hängt ihn an den Himmel und beschließt, daß er euch leuchtet. Das Wunderliche ist: Er leuchtet euch. Er strahlt euch an, bis ihr selbst als Stern erscheint und mich in die Irre lockt mit eurem Strahlen. Ach Evald, ich kann nicht allein sein mit dem Elend. Zwischen mir und der Welt muß etwas sein, ein Fleisch, eine Stimme, ein Herz, womit ich mich verbrüdern kann.
Evald: Die romantische Lüge von der romantischen Liebe.
Der Selbstmörder kommt aus der Damentoilette. X betritt die Kneipe. Die anderen bemerken ihn nicht. Der Selbstmörder hat einen dicken ausgestopften Bauch, der durch den Strick zusammengehalten wird. Der Selbstmörder singt: Ihr Kinderlein kommet und Freue dich, o Freue dich, du Menschenheit. – Der neue Messias wird von einem Mann geboren. Die Frauen sind unwürdig geworden. Sie schreiben Bücher und malen Bilder. Sie sublimieren statt zu gebären. Sublimieren sublamieren, sublimieren zu blamie-

ren. O wohin ist die Menschheit geraten, wenn es erstrebenswerter ist ein Buch zu schreiben als einen Menschen zu schaffen.
X setzt sich zu den anderen. Seit der Erfindung der Atombombe und der Elektronik würde selbst Gott die Erschaffung der Welt in einem Buch beschreiben und auf den Schöpfungsakt verzichten. Die Tat ist lächerlich geworden.
Der Selbstmörder schreit: Mein Lebenswerk für ein Selbstgeborenes.
Clairchen: Hätteste n Lebenswerk, würdeste nich nachm Selbstjebornen schrein. Bis jetzt haste nich viel mehr jemacht, als daß de dir den Strick um Hals jebunden hast und dich nich dranghängst.
Der Selbstmörder weint. Ich wäre eine gute Mutter.
Clairchen schiebt dem Selbstmörder ihr Schnapsglas hin. Wirste eben Vater Suizi, aber nu heul nich.
Der Selbstmörder weint lauter. Vater werden ist nicht schwer, Mutter sein dagegen sehr. Ich brauche etwas Schweres.
Clairchen: Ick kannte mal eene, die sagte, wennse eine Hebamme fände, die rothaarig is und braunäugig, fünf Kinder hat und fünf Katzen, dann würde se über die einen Film machen, wie ihn die Welt noch nich jesehn hat. Ein sehr bösartjer Mensch fand sone Frau und jab dem Mädel die Adresse. Sagte die: Sie hätte inzwischen erkannt, daß es ne chinesische Hebamme sein muß. Nu wartetse immer noch darauf, daß die bei ihr vorbeikommt.

VII

Clairchen holt sich von Didi noch ein großes Bier und verläßt mit dem Bier die Kneipe. Sie setzt sich auf eine Bank gegenüber einer großen Kastanie und spricht mit dem Baum: Wat is bloß los mit den Menschen. Warum lebense denn nich. Jeder will das sein, was er nich is, oder den haben, den er nich kriegt. Man hat ihnen was wegjenommen, und nun wollnses gerne wiederhabn. Aber was. Irgendwas, wat ick nich wissen kann, weil icks nie hatte, weilse mich nich jeborn habn, sondern einfach uff die Welt jekotzt. Ick denk mir dit so: Eines Tages wurde meiner Mutter schlecht, so schlecht, daß se kotzen mußte. Und wat se ausjekotzt hat, war ick, janz kleen zuerst, viel kleener als andere. Und aus gerechter Empörung über die janze Sauerei bin ick denn so groß jeworden. Und kämpfe nu sone Art Klassenkampf. Häßliche Frauen aller Länder vereinigt euch. Die Schönen jehörn erst dazu, wennse alt werden. Solange se jung sind, sind se doof. Wennse nur irgendwat am Leibe haben, wat ihnen schön vorkommt, malnse sich die Stelle rot oder grün, oder ziehn was Glänzendes drüber, damitse ooch jeder sieht. Hier, seht her, ich hab was Schönes. Und wenn eener dann seine Hand uff dit Schöne legt, globense, sie habn jewonnen. Je schöner se sind, desto blöder werdnse, weilse globen, für sie herrscht n Ausnahmezustand uff der Welt. Sie werdn jeliebt, ernährt, jestreichelt, und wennse alt sind, könnse sich uffhäng, weil ihr Oller überhaupt nur son Stück spiegelblanke Haut jeliebt hat, die nun leider verschrumpelt. Denn jeratense ins Grübeln, bloß dit könnse nich mehr, weil ihr bißchen Jehirn ihnen inzwischen einjegangen is wegen Nichbenutzung.

Clairchen zieht einen Bogen Papier und einen Bleistift aus der Tasche. Du sagst janischt heute. Jehts dir nich jut.
Der Baum ächzt.
Auf dem letzten Bild siehste schön aus. Der siamesische Menschenbaum. Sie geht zu dem Baum, tastet über seine Rinde. Ick faß dich jerne an. Schläfste? Der Baum bleibt still. Denn mal ick eben heute, wiede schläfst. Sie nimmt ihr Bier und gießt davon einen Schluck auf die Wurzeln des Baums. Trinkn Schluck, dann wird dir besser.
Der Baum rauscht leise. Na siehste. Das Dümmste an den schönen Weibern is, daß se Liebe verwechseln mit Jeliebtwerden. Wennse grade nich jeliebt werden, sindse unglücklich, weilse ooch Glück verwecheln mit Jeliebtwerden. Schlimm wirds erst, wenn sich keener lieben läßt, verstehste. Nee, verstehste nich, weilde nich wegrennen kannst, weilde immer hier stehn mußt, und weilde viel größer und dicker bist als ick. Und weilde dich freust, wenn ick mir Sorgen mache übern abjestorbnen Ast von dir. Bäume sind den Menschen ähnlich, am meisten, wennse tot sind. Ick kenn sone Chaussee nebner Kalkfabrik, an der stehn kilometerlang tote Bäume. Lauter Skelette mit ausjestreckten Knochenarmen wie die Jekreuzigten an der Via Appia. Ihr seid so empfindlich. Die Menschen in der Jegend leben noch.
Clairchen legt die Zeichnung beiseite, trinkt Bier und träumt. Drei Frauen erscheinen. Sie tragen schwarze Kostüme, darunter weiße Blusen. In den Händen halten sie silberne Tabletts. Darauf: Eheregister, Tonbandgerät, Fotoapparat, Brautkleid, Schleier. Die Frauen gehen langsam auf Clairchen zu und bleiben vor ihr stehen.
1. Frau: Sind Sie die Braut?
Clairchen: Ja.

2. Frau: Stehen Sie auf.
Clairchen steht auf. Die Frauen ziehen ihr ein langes grünes Kleid an und befestigen einen grünen Schleier auf ihrem Kopf.
1. Frau: Wo ist der Bräutigam?
Clairchen stellt sich neben den Baum.
1. Frau: Kann der Bräutigam die entscheidende Frage überhaupt beantworten?
Die dritte Frau stellt das Tonbandgerät an. Elise von Beethoven wird gespielt. Das Gerät schnarrt. Die Frau schlägt das Eheregister auf. Wie heißt der Bräutigam?
Clairchen: Baum, Vornamen hatter nich.
Die zweite Frau nimmt mit dem Fotoapparat Aufstellung. Die erste Frau zieht einen Zettel aus der Tasche und liest eine Rede vor.
Liebes Brautpaar, liebe Eltern. Verzeihung. Sie beginnt noch einmal. Liebes Brautpaar. Sie haben sich entschlossen, Ihren künftigen Lebensweg gemeinsam zu beschreiten. Der Baum knarrt. Verzeihung sagt die Frau. Die dritte Frau stellt die Musik so laut, daß nicht mehr zu verstehen ist, was die erste sagt . . .
Sie schaltet sie aus für den Satz: . . . will ich Ihnen die entscheidende Frage stellen. Sind Sie, lieber Bräutigam, bereit, die hier anwesende Clara Winkelmann zu heiraten?
Der Baum sagt Ja.
Sind Sie, liebe Braut, bereit, den hier anwesenden Herrn Baum zu heiraten?
Clairchen sagt Ja.
X erscheint auf einem Ast des Baumes und schreit: Der Humanismus ist tot.

VIII
(Kneipe III)

Ein alter Mann kommt in die Kneipe. Er trägt einen schäbigen Anzug und hat eine kleine Aktentasche bei sich. Der Mann steht eine Weile unschlüssig im Raum, bis X einen Stuhl zwischen Evalds und seinen eigenen Stuhl stellt.

X: Komm her, Prediger. Was gibt es Neues zwischen den Mauern?

Prediger: Das Neue ist das Alte, und das Alte wird nicht älter. Es gibt noch Singvögel in den Städten. Das ist schlecht.

X lacht. Bring ihm was zu trinken, Didi.

Prediger: Die Ewigkeit vergelt es dir.

X: Sie wird es mir vergällen, da sei sicher. Was hast du sonst gehört?

Der Prediger sagt laut, so daß alle es hören können: Im nächsten Jahr stehen die Sterne wie vor den großen Kriegen.

Ada: Vor welchen?

Prediger: Vor allen.

X: Das ist gut.

Didi und die vier Motorradfahrer lachen.

Evald: Im nächsten Jahr sollte mein Stück in Amerika gespielt werden.

Prediger: Die Trude vom Koppenplatz hat den Mars an einem Freitag rot und grün zucken sehn. Nun hat sie ihre antiken Möbel verkauft und legt alles in Konserven an.

Selbstmörder küßt seinen Strick. Sogar das individuelle Sterben wollen sie uns verderben.

Didi stellt drei große Schnäpse vor den Prediger, der zwei

davon gleich austrinkt. Bist heute wieder in Form, Hanussen, sagt Didi. Der Prediger holt aus einer Aktentasche eine reichlich zerlumpte Soutane, zieht sie über und stellt sich in die Mitte der Kneipe mit ausgebreiteten Armen, so daß er aussieht wie ein großer schwarzer Vogel. Hört auf die Zeichen. Seht die Zeichen. Die große Zerstörung steht in den Sternen. Aber es soll euch freuen, denn nur im Chaos wohnt die Auferstehung. Glaubt an die Zerstörung, glaubt an die Erschaffung des Nichts. Nur wo nichts ist, kann etwas werden, wo aber schon etwas ist, kann es nur zu nichts werden. Seht wie eure tiefgefrorne Liebe in den Himmel steigt und als heißer Regen auf euch niederfällt, wie ihr euch schreiend krümmt in eurer eisig verbrühten Haut. Wie Kain den Stein nimmt und ihn durch die eigene Stirn drückt, folgend dem Bruder in den Tod. Denn das Übel war, daß Kain lebte. Auslöschen soll sich das Geschlecht lebender Toter, bis nur tote Lebende bleiben, überlassen dem Geruch ihrer Verwesung, Kompost für künftiges Leben. Die Nacht ist die Mutter des Tages. In ihren Schoß kehrt er zurück, damit sie ihn blutrot wieder gebäre. Wieder und wieder. Glaubt an den Irrtum. Sucht die Wahrheit nur im Irrtum. Denn er hat Folgen, die Folgen der Wahrheit aber sind unerforschlich. Und abschließend, Damen und Herren, die Mitteilung der Börse für interessierte Laien: Wegen der großen Nachfrage steigt der Wert von Katastrophen weiter an.
Alle, auch die vier Motorradfahrer, haben sich um den Prediger versammelt und lachen.

IX

Adas Traum

Ada und Clairchen stehen auf einem Gemüsekarren, um sie herum eine Menge Frauen, auch einige Männer darunter. Clairchen hat eine Flüstertüte in der Hand und ruft: Wer hören will, höre. Wer sehen will, sehe. Wer reden will, rede. Hier sind Menschen zujelassen. Kommt alle her. Wer über Witze nich mehr lachen kann, wer vor Kummer nich mehr heulen kann, wer vor Grübeln nich mehr denken kann, der is hier richtig. Kommt alle her. Es spricht Ada, die unter Männern rumjekommen is und weiß, was zu tun is.

Clairchen gibt Ada die Flüstertüte.

Ada: Ich warne euch vor Dieben und Trickbetrügern. Es gibt Taschendiebe, Autodiebe, Fahrraddiebe, Einbrecher, Kidnapper; für jede Art von Diebstahl gibt es eine Bezeichnung und eine Strafe. Aber es gibt Diebe, die unerkannt zwischen uns leben, deren Taten ungestraft bleiben, weil kein Gesetz verbietet zu stehlen, was sie stehlen. Ich nenne sie Wortdiebe, denn sie stehlen Wörter. Das ist nicht verboten. Man darf einem Dichter keine Sätze stehlen und einem Komponisten keine Melodie, aber einzelne Wörter zu stehlen ist erlaubt. Nun fragt ihr vielleicht: Wie kann einer das anstellen, ein Wort stehlen. Ein Wort ist kein Fahrrad, kein Schmuck, kein Geld, es ist nicht ein Ding, das sich einer unter den Arm klemmen und forttragen kann. Wörter gibt es, oder es gibt sie nicht. Und doch werden Wörter gestohlen. Ihr müßt euch vorstellen, die Sprache wäre eine Landschaft. Ihre Täler, Ebenen und Berge sind Wörter. Manche Wörter sind kleine Hügel, andere sind spitze Felsen, die alles überragen. Die Zeit verändert die Landschaft. Ein Hügel kann durch einen Erdrutsch zu einem hohen Berg werden, und ein hoher Berg kann sich durch ein Erdbeben in eine Ebene verwandeln. Das sind die Zeiten großer Veränderungen in der Menschengeschichte, in denen der veränderte Geist der Menschen die sprachliche Landschaft umgestaltet, sie verschönt oder sie verwüstet. Es kann aber auch passieren, daß sich vor unseren Augen, und doch von uns unbemerkt, ein bewaldeter Berg in eine kahle Kuppe verwandelt, oder daß er langsam schrumpft zu einem flachen Hügel, so langsam, daß wir die Veränderung kaum wahrnehmen. Dann sind die Wortdiebe am Werk. Ihr alle kennt das Wort Hoffnung, noch kennt ihr es, denn es war ein großes Wort, vergleichbar einem hohen Berg, sanft steigend, mit schattenspendenden Bäumen bewachsen, unter denen ausruhen konnte, wer die Hänge emporstieg. Der Berg war riesig und hatte Platz für jeden. Die Menschen haben ihn bepflanzt und behütet, solange sie in der Landschaft Sprache wohnen. Und seht ihn heute an: die Bäume gefällt, der Boden verdorrt, die Bäche ausgetrocknet. Ein Sandhaufen, den der Wind langsam abträgt.

Clairchen wird ungeduldig und nimmt Ada die Flüstertüte aus der Hand.

Clairchen: Jetzt wißt ihr, wat los is. Und damit ihr die Wortdiebe erkennt, werden Ada und ick euch jetzt zeijen, wie sie ihr finstret Handwerk betreiben. Ick spiel Ada und Ada spielt Evald. Wir spielen Szenen aus unserm eignen Leben und verbürjen uns für die Authentizität. Die erste Szene zeigt ein Gespräch zwischen Ada und Evald zu Beginn ihrer traurigen Liebe:

Clairchen setzt sich eine Perücke auf, die Adas Frisur gleicht. Ada bindet sich einen ledernen Phallus um, wie Evalds Puppe ihn trägt.

Clairchen/Ada:
Evald ich schenke dir mein Vertrauen
und will in Zukunft auf dich bauen.
Die Wahl meines Herzens hat dich getroffen.
Nach langem Unglück kann ich nun wieder hoffen.
Ada/Evald:
Ist gut, ist gut, so ist es richtig,
in solchen Fällen ist Hoffnung wichtig.
Die Hoffnung erlöset die Dummen im Schlaf,
komm schnell ins Bett, mein reizendes Schaf.
Die Hoffnungsvolle ist auch geduldig
und spricht einen Mann wie mich nicht gleich
schuldig.
Mein Kind, bleibt dir deine Hoffnung erhalten,
wird unsre Liebe sich glücklich gestalten.
Clairchen/Ada:
So hab ich die Hoffnung nicht gemeint.
Ich hoffte, daß uns das Hoffen vereint
und jeder, gestärkt durch des anderen Mut,
leichter als vorher schafft, was er tut.
Ada/Evald:
Das Hoffen auf Hoffnung ist was für die Kleinen,
die schnell verzweifeln und darüber weinen.
Mein Gesetz ist das der Großen:
was fällt, das soll man auch noch stoßen.
Ada: Und was sagte X, der große Marabu, als Clara Winkelmann ihm von der Hoffnung sprach. Er sagte:
Clairchen/X: setzt sich eine Brille auf und sagt:
Das Hoffen überlaß ich allen Sorten von Christen.
Nur Hoffnungslose sind Atheisten.
Ob Zukunft oder Himmelreich
die Hoffnungsträume sind alle gleich.

Das Hoffen auf die Möglichkeit
ermöglicht erst die Wirklichkeit,
in der wir geduldig und hoffend erwarten
die Einladung in Edens Garten.
Ich kann nur auf mich selber hoffen,
andre Erfüllung hab ich nie getroffen.
Ada: Und Clara Winkelmann antwortet ihm: Setzt Clairchens Hut auf und sagt:
Der Mensch kann schreiben, der Mensch kann lesen,
am Ende kann der Mensch verwesen,
bis dahin hat der Mensch viel Zeit,
und die ist voll von Unglücklichkeit,
der Mensch muß wat machen aus seiner Wut,
dazu mußer gloobn, dassit nutzen tut.
Und für dis, wat seine Wut mutig macht,
hatter sich das Wort Hoffnung ausjedacht.
Aber wenn einer kommt und dit schöne Wort klaut,
is seine Wut uff Verzweiflung jebaut.
Marabu,
der Dieb bist du.
Clairchen/X:
Aber der große Marabu antwortete:
Die Hoffnung macht den Menschen dumm,
er wird vor Dummheit blind und stumm,
und seine Hoffnung bleibt nicht mehr
als die, ein andrer wär klüger als er.
Nur wer nicht mehr hofft, fängt selbst an zu denken.
Die Freiheit will ich allen schenken.
Ada/Clairchen:
Hört alle her, ihr seid jewarnt,
der Marabu hat sich selbst enttarnt.
Ihm is seine eigne Hoffnung nur peinlich,

und darum zelebriert er kleinlich
eine andre Lithurgie.
Fragt ihr nach dem Was und Wie,
kommt zujuterletzt heraus:
auch der is nur uff Hoffnung aus.
Er hat bloß Angst, dasser keene krickt
und macht darum alle andern verrückt.
Doch wie ein brennender Düsenfliejer,
der hofft, er kann landen, hofft der, wir wern klüjer.
Clairchen nimmt die Brille ab. Mit andern Worten: Aus Angst vor der schlechten Aussicht will er den Berg lieber versetzen als besteigen. Janz nebenbei kommt er dabei noch in den Verdacht, der liebe Jott zu sein. Er is jefährlich, aber nich bösartig. Es jibt schlimmere, wie ihr gleich sehen werdet. Wir spielen jetzt eine Szene zwischen Ada und Evald aus einer Zeit, in der ihre traurije Liebe sich dem Ende zuneigte. Da sagte Ada eines Tages zu Evald, also für meinen Jeschmack wirds jetzt erheblich sentimental, aber so is Ada manchmal, und wir müssen bei der Wahrheit bleiben. Ada sagt also zu Evald:
Clairchen setzt Adas Perücke auf:
Keine Hoffnung ist erfüllt,
keine Sehnsucht ist gestillt,
Evald, ich bin so einsam wie immer.
Ich glaube, durch dich wurde es sogar schlimmer.
Clairchen nimmt die Perücke ab. Man sieht, daß ihr diese Textstelle peinlich ist.
Ada/Evald:
Die Einsamkeit ist ein Raum ohne Tür,
in dem lebt nur ein Ich, in dem gibt es kein Wir.
Auch wenn du dich mühst, begreifst du das nie.
Du bist eine Frau und kein Genie.
Doch laß dich in deiner Hoffnung nicht hindern,

vielleicht kann sie deinen Schmerz um mich lindern.
Clairchen: So isses jekommen, daß meine Freundin Ada dit Wort Hoffnung wochenlang nich aussprechen konnte. Evald hatte es ihr jeklaut. Und so kann es uns allen jehn, wenn wir uns jegen die Wortdiebe nich wehrn.
Die Leute werden aufgeregt. Einer ruft: Evald soll Ada das Wort wiedergebn. Alle andern rufen Ja. Wir wollen alle das Wort wiederhaben.
Prediger: Denn nur wo Hoffnung ist, kann etwas werden.
Ada nimmt die Flüstertüte, um die aufgeregten Leute zu überschrein: Und die andern zerstörten und niedergetretenen Berge in unserer Sprache, die Wörter, die niemand mehr auszusprechen wagt aus Angst vor Gelächter.
Die Leute rufen: Sehnsucht, Freiheit, Revolution.
Einer der vier Motorradfahrer versucht, das Wort Solidarität auszusprechen, kommt aber anfangs über Soli nicht hinaus.
Die Leute rufen im Sprechchor:
Freiheit, Sehnsucht, Hoffnung, Glück.
Wir holn die gestohlenen Wörter zurück.
Freiheit, Sehnsucht, Hoffnung, Glück.
Wir holn die gestohlenen Wörter zurück.

X
(Kneipe IV)

Ada erwacht aus dem Traum. X, Evald, der Selbstmörder und der Prediger sind inzwischen betrunken. X hat Elvira, Didis Tochter, auf dem Schoß. Didi beobachtet mißtrauisch, wie X ihr die Knie streichelt.

Didi: Das Mädel ist erst sechzehn.
X: In einem Jahr ist sie zu alt.
X greift dem Mädchen an die Brüste. Elvira setzt sich so, daß Didi nur ihren Rücken sehen kann.
Ada geht.
Der Selbstmörder liegt in den Armen des Predigers. Der Prediger spielt mit dem Strick des Selbstmörders, zieht ihn eng, lockert ihn wieder, zieht ihn wieder eng.
Selbstmörder: Meinst du, heut wäre ein guter Tag.
Prediger: Dafür ist jeder Tag gut.
Selbstmörder: Ich möchte einen besonders guten.
Prediger: Der beste ist der, an dem man glücklich ist. Das beweist Größe.
Selbstmörder: Wenn ich glücklich bin, muß ich mich nicht aufhängen.
Prediger: Das beweist: Du hast keine Größe.
Selbstmörder: Außerdem bin ich nie glücklich.
Prediger: Da kannst du dich gleich aufhängen.
Selbstmörder: Jetzt?
Prediger: Jetzt.
Selbstmörder: Jetzt bin ich sehr unglücklich. Jetzt hätte es keine Größe.
Prediger: Vielleicht kommt morgen schon der Krieg, und dann wirst du eine Leiche wie alle andern.
Selbstmörder: Das wäre schrecklich.
Prediger: Also jetzt.
Der Prediger zieht den Strick fest um den Hals des Selbstmörders. Der Selbstmörder springt plötzlich auf und schreit: Mörder. Mörder. Er reißt sich den Strick vom Hals, legt ihn dem Prediger um und will die Schlinge zuziehen. Er zerrt den Prediger am Strick durch die Kneipe wie eine Ziege.

XI

Ada ist allein mit ihrer Puppe. Sie zieht der Puppe die Decke vom Körper, setzt sie auf den Stuhl und kleidet sie an.

Wach auf, du Lügnerin, du Verräterin. Mach die Augen auf und sage mir ins Gesicht, was du sonst nur durch meine Träume schreist. Ich glaube dir deine Stummheit nicht mehr. Du bist nicht blind, du bist nicht taub, du bist nicht stumm. Du weißt, was ich fast vergessen hätte und hüllst es in kleidsame Schweigsamkeit. Wofür bewahrst du dich oder für wen. Willst du zu deinem Denkmal versteinern, statt dich totzuleben wie es sich gehört für alles Lebendige. Oder wartest du, daß jemand das Versprechen erfüllt, das seit irgendwann in dir begraben liegt. Jedem Menschen wird, noch ehe er Sprache versteht, etwas versprochen, wovon nichts bleibt als ein sanftes Erinnern, ein zielloses Warten, bis auch das erlischt. Oder ein Mensch begreift: Es wurde ihm nicht mehr versprochen als er selbst, ein Körper, ein Verstand, eine Seele und ein bißchen Zeit. Das heißt leben. Sag etwas. Ich weiß nicht mehr, wer du bist. Meine Vergangenheit in der glatten Haut. Meine stumme Zukunft. Meine scheintote Gegenwart. Ich habe dich erkannt, als du auf der Barrikade standst und nach der Hoffnung schriest. Ein Traumbild, ein Trugbild. Warum versteckst du dich in meinen Träumen.

Ada setzt die Puppe an die Schreibmaschine.

Wenn du nicht sprechen willst, dann schreib es auf.

Die Puppe rührt sich nicht.

Und wenn ich dich zerschlagen muß, damit ich wieder eins bin. Schreib, sage ich dir oder sprich, aber wach auf.

Die Puppe bleibt reglos.
Ada schreit: Schreib das Wort Hoffnung, oder ich bringe dich um.
Die Puppe schreibt.

XII
(Kneipe V)

Didi löscht das Licht und läßt nur eine Notbeleuchtung brennen. Feierabend, Herrschaften, sagt Didi und räumt die Tische ab.
X, Evald, der Selbstmörder und der Prediger sitzen schweigend und betrunken um den Tisch. Außer X stehen alle auf und gehen gehorsam zur Tür.
X sagt leise und scheinbar nüchtern: Wo ist das zärtliche Kind, das zärtliche Kind.
Didi: Zehn Schnäpse sind noch offen.
X gibt Didi einen Schein. Wo ist das zärtliche Kind.
Didi: Laß dit Mädel in Ruhe und mach, daß de nach Hause kommst.
X: Was weißt du von dem Schrecken heller Sommernächte, wenn der Tod in alle Betten guckt, ob nicht ein Platz für ihn frei ist. Einmal hat er mich schon gefunden. Ich mußte ihm drei Stunden aus eigenen Werken vorlesen, ehe er zugab, daß es für mich zu früh war.
Der Selbstmörder kommt zurück, legt X die Schlinge um den Hals und führt ihn ab.
Prediger: Du sollst deinen Nächsten hängen wie dich selbst.
Evald: Wo ist Ada.

Selbstmörder: Sie ist gegangen, schon vor drei Stunden.
Evald: Weiber. Quatschen von Liebe und wenn man sie braucht, haun sie vorher ab. Ada, wo bist du. Ich kann nicht schreiben, wenn ich nachts keine Frau hatte.
Selbstmörder: Nimm deine eigene.
Prediger: Du redest wie ein Pastor.
Der Selbstmörder schreit plötzlich auf und zeigt auf Clairchens Kastanienbaum. Clairchen steht an den Baum gelehnt, die Arme fest um den Stamm geschlungen. Die Rinde des Baumes hat sie fast umschlossen, nur Teile des Rückens und der Beine sind noch sichtbar. Die vier schweigen lange. Dann nimmt der Selbstmörder X den Strick vom Hals und legt ihn sich selbst wieder um. Ich friere sonst, sagt der Selbstmörder.
Der Prediger kniet nieder und flüstert: Ein Wunder, o Gott, davon hat die Trude nichts gesagt.
Evald geht zu dem Baum, berührt Clairchens Rücken, und küßt den noch sichtbaren Teil der Beine. Evald stöhnt. Die Indios, die Schwarzen in den USA, die Frauen der Welt, der Schmerz der Opfer ist mein Schmerz. Ich werde dir ein Denkmal baun aus Versen, Clara. Ach, mein schöner Schmerz.
X: Es gibt keine Schuld.
Selbstmörder: Es hat kein andrer sein wollen.
Die Rinde des Baums schließt sich über Clairchen.
X: Sie braucht keine Schuld.
Evald steht abseits und schreit: Ada. In Evalds Stimme ist Angst.

INHALT